百年

林贤治 主编

百年中篇典藏

她是一个弱女子

郁达夫 著

桑农 编

南方出版传媒

花城出版社

中国·广州

图书在版编目（CIP）数据

她是一个弱女子 / 郁达夫著 ; 桑农编. -- 广州 : 花城出版社, 2020.8
（百年中篇典藏 / 林贤治主编）
ISBN 978-7-5360-9117-7

Ⅰ. ①她… Ⅱ. ①郁… ②桑… Ⅲ. ①中篇小说－小说集－中国－现代 Ⅳ. ①I246.5

中国版本图书馆CIP数据核字(2020)第118796号

出 版 人：肖延兵
丛书策划：张 懿
出版统筹：邹蔚昀
责任编辑：张 旬
技术编辑：凌春梅
装帧设计：林露茜

书　　名　她是一个弱女子
TA SHI YI GE RUO NÜ ZI
出版发行　花城出版社
（广州市环市东路水荫路 11 号）
经　　销　全国新华书店
印　　刷　恒美印务（广州）有限公司
（广州南沙经济技术开发区环市大道南路 334 号）
开　　本　880 毫米 × 1230 毫米　32 开
印　　张　7.125　2 插页
字　　数　150,000 字
版　　次　2020 年 8 月第 1 版　2020 年 8 月第 1 次印刷
定　　价　49.00 元

如发现印装质量问题，请直接与印刷厂联系调换。
购书热线：020－37604658　37602954
花城出版社网站：http://www.fcph.com.cn

总序

林贤治

中国新文学从产生之日起，便带上世界主义的性质。这不只在于由文言到白话的转变，重要的是文学观念的革新。从此，出现了新的文体，新的主题，新的场景、人物和故事，于是一个新的文学时代开始了。

以文体论，所谓“文学革命”最早从诗和散文开始。小说是后发的，先是短篇，后是中篇和长篇，作者也日渐增多起来。由于五四的风气所致，早期小说的题材多囿于知识人的家庭冲突和感情生活；继“畸零人”之后，社会底层多种小人物出现了，广大农民的命运悲剧与农村中的阶级斗争进而廓张了小说的疆域，随后，城市工人与市民生活也相继进入了小说家的视野。小说以它的叙事性、故事性，先天地具有一种大众文化的要素，比较诗和散文，影响更为迅捷和深广。

从小说的长度看，中篇介于短篇与长篇之间，但也因此兼具了两者的优长。由于具有相当的体量，中篇小说可以容纳更多的社会内容；又由于结构不太复杂而易于经营，所以，自二十世纪二十年代以来，小说家多有中篇制作。论成就，或许略逊于长篇，但胜于短篇是肯定的。

一九二二年，鲁迅在报上连载《阿Q正传》。这是新文学运动发生以后的第一个中篇小说，在革命的大背景下，为国人的灵魂造像；形式之新，寓意之深，辉煌了整个文坛。阿Q，作为一个典型人物，相当于塞万提斯笔下的堂·吉诃德，在中国，为广大的人们所熟知，他的“精神胜利法”成了民族的寓言。在二十年代，创造社和文学研究会的作家创作颇丰，中篇小说作家有郁达夫、废名、许地山、茅盾，以及沅君、庐隐、丁玲等。郁达夫在五四文学中享有盛名。他的小说，最早创造了“零余者”的形象，其中自我暴露、性描写，在当时是惊世骇俗的，虽然有颓废的倾向，却不无反封建的进步的意义。《迷羊》《她是一个弱女子》是他的代表性作品，打着时代特有的个性主义和人道主义的双重烙印。在丁玲的《莎菲女士的日记》中，作为刚刚觉醒的女性主义者，追求个性解放和自由恋爱的莎菲女士，结果陷入歧路彷徨、无从选择的困局之中，表现了一代五四新女性所面临的新观念与旧事物相冲突的尴尬处境。继鲁迅之后，一批“乡土作家”如台静农、蹇先艾、许钦文、王鲁彦等崛起文坛，是当时的一个突出的文学现象。但是佳作不多，中篇绝少。

毕竟是新文学的发轫期，二十世纪二十年代的小说大多流于粗浅，至三十年代，作家队伍迅速扩大，而且明显地变得成熟起来。有三种文学，其中一种是所谓“民族主义文学”“三民主义文学”；另一种与官方文学相对立，在当时声势颇大，称为“左翼文学”。以“左联”为中心，小说作家有茅盾、柔石、蒋光慈、叶紫、张天翼、丁玲，外围有影响的还有萧军、萧红等。其中，中篇如《林家铺子》《二月》《丽莎的哀怨》

《星》《八月的乡村》《生死场》，都是有影响的作品。茅盾素喜取景历史的大框架，早期较重人物的生理和心理描写，有点自然主义的味道，后来有更多的理性介入，重社会分析。中篇《林家铺子》讲述杭嘉湖地区一个小店铺老板苦苦挣扎，终于破产的故事。同《春蚕》诸篇一起，展开二十世纪三十年代民族危难、民生凋敝的广阔的社会图景。《二月》是柔石的一部诗意作品。小说在一个江南小镇中引出陶岚的爱情，文嫂的悲剧，和一个交头接耳、光怪陆离而又死气沉沉的社会。最后，主人公萧涧秋在流言的打击下，黯然离开小镇。作者以工妙的技巧，揭示了知识分子在残酷的现实生活中进退失据的精神状态。诗人蒋光慈的小说《丽莎的哀怨》《冲出云围的月亮》发表后，受到左翼作家的批判，影响轰动一时。其实“革命+恋爱”的创作模式，并不能遮掩小说所展露的人性的光辉。特别在充斥着“左”倾教条主义政治话语的语境中，作者执着于对“人”的描写，对人性与环境的真实性呈现，是极为难得的。萧军和萧红是东北流亡作家，作品充满着一种家国之痛。《八月的乡村》以场景的连缀，展示了与日本和伪满洲国军队战斗的全貌。《生死场》超越民族和国家的限界，着眼于土地和人的生存。“在乡村，人和动物一起忙着生，忙着死”，是贯穿全篇的主旋律。小说有着深厚的人本主义的内涵，带有启蒙的意义。

此外，还有一种文学，来自一批自由派作家，独立的作家，难以归类的作家。如老舍、巴金、沈从文等，在艺术上，有着更为自觉的追求。像沈从文的《边城》《长河》，就没有左翼作品那种强烈的阶级意识。沈从文自称“是个不想明白道理却永远为现象所倾心的人”。他倾情于“永远的湘西”，着意于表现自然之美与野蛮的力，叙述是沉静的，描写是细致的，一些残酷的血腥的故事，在他的笔下，也都往往转换成文化的美，诗意的美，而非伦理的美。巴金早期的小说颇具政治色彩，如《灭亡》；而《憩园》，则是一种挽歌调子，很个人化的。施蛰存等一批上海作家是另一种面貌，他们颇受西方现代派文学的影响，从事实验性写作。不过，值得指出的是，左翼作家是一批青年叛逆者，敢于正视现实、反抗黑暗；其中有些作品虽然因意识形态的影响而在一定程度上削弱了艺术的力量，但是仍然不失为当时最为坚实锋锐的文学，是五四的“人的文学”的合理的延伸。

整个二十世纪四十年代动荡不安。这时，除了早年成名的作家遗下一些创作外，新进的作家作品不多，突出的有张爱玲的《金锁记》和路翎的《饥饿的郭素娥》。张爱玲善于观察和描写人性幽暗的一面，《金锁记》可谓代表作。路翎的《饥饿的郭素娥》何尝不是写人性，却是张扬的、光明的、美善的。在劳动妇女郭素娥的身上，不无精神奴役的创伤，却更多地表现出了与命运抗争的顽强的生命力。延安文学开拓出另一片天地：清新、简朴、颂歌式。丁玲的《在医院中》《我在霞村的时候》，以及赵树理的《小二黑结婚》《李有才板话》，形态很不相同，但在文学史上都有着全新的意义。在丁玲这里，明显地带有五四时期的个人主义和女性主义的残留，所以当时遭到不合理的批判。赵树理的小说，可以说专写农村和农民，但不同于此前知识分子作家的乡土小说，强调的不是苦难，而是新生的活力和希望。语言形式是民族的、传统的，结合现代小说的元素，有个人的创造性，但无疑地更加切合时代的需要。所以，周扬高度评价赵树理的作品，称为“新文艺的方向”。

一九四九年以后，中国有了统一的文坛。从五十年代初期的文艺整风开始，多种政治运动接连不断，对作家的思想、个性和创造力造成了不同程度的损害。比如对萧也牧的《我们夫妇之间》的批判，以及随后对路翎入朝创作的《洼地上的战役》等小说的批判，都在小说界产生了直接的消极影响。

二十世纪五六十年代的中短篇小说颇为寥落。少数青年作者带有锐意的作品，如王蒙的《组织部来了个年轻人》，较早表现反官僚主义的主题。小说也许受到来自苏联的“写真实”“干预生活”等理论和作品的影响，但是作者无意模仿，这里是来自五十年代中国的真实生活，和一个“少布”的理想激情的历史性相遇。它的出现，本是文学话语，通过政治解读遂成为“毒草”，二十年后同众多杂草一起，作为“重放的鲜花”傲然出现。老作家孙犁以一贯的诗性笔调写农业合作化运动，自然被“边缘化”；赵树理一直注目于农村中的“中间人物”，却在一九六二年著名的“大连会议”之后为激进的批判家所抛弃。“文革”十年，文坛荒废，荆棘遍地；所谓“迷阳聊饰大田荒”，甚至连迷阳也没有。

“文革”结束以后，地下水喷出了地面。以短篇小说《伤痕》为标志的一种暴露性文学出现了，此时，一批带有创伤记忆的中篇如《天云山传奇》《犯人李铜钟的故事》《大墙下的红玉兰》《绿化树》《一个冬天的童话》《被爱情遗忘的角落》等同时问世。《绿化树》叙写的是右派章永璘被流放到西北劳改农场的经历，是张贤亮描写中国知识分子历史命运的一部力作。与其他“大墙文学”不同的是，作者突出地写了食和性。通过对主人公一系列忏悔、内疚、自省等心理活动的描写，对饥饿包括性饥饿的剖视，真实地再现了特定年代中的知识分子的苦难生活。作者还创作了系列类似的小说，名为“唯物论者的启示录”，对一代知识分子命运作了深入的反思。张弦的小说，妇女形象的描写集中而出色。《被爱情遗忘的角落》《未亡人》《挣不断的红丝线》，其中的女性，无论在农村还是城市，无论是少女还是寡妇，都是生活中的弱势者，极“左”路线下的不幸者、失败者和牺牲者。驰骋文坛的，除了伤痕累累的老作家之外，又多出一支以知青作家为代表的新军，作品有张承志的《北方的河》《黑骏马》，王小波的《黄金时代》，阿城的《棋王》等。或者表达青年一代被劫夺的苦痛，或者表现为对土地和人民的皈依，都是去除了“瞒和骗”的写真实的作品。这时，关注现实生活的小说多起来了。无论是蒋子龙的《乔厂长上任记》、高晓声的《陈奂生上城》，还是谌容的《人到中年》、路遥的《人生》，都着意表现中国社会的困境，不曾回避转型时期的问题。《人到中年》通过中年眼科大夫陆文婷因工作和家庭负担过重，积劳成疾，濒临死亡的故事，揭示中国知识分子的生存现状，可谓切中时弊。小说创造了陆文婷这个悲剧性的英雄形象，富于艺术感染力，一经发表，立即引起社会的巨大反响。

二十世纪八十年代初期中国作家非常活跃，带来中篇小说空前的繁荣。这时，出现了重在人性表现的另类作品，如汪曾祺的《受戒》《大淖记事》，张洁的《爱，是不能忘记的》，还有史铁生的《关于詹牧师的报告文学》《命若琴弦》等，显示了创作的多元化倾向。汪曾祺的小说创作起步于二十世纪四十年代，却因时代的劫难，空置几十年之后，终至大器晚成。他自称是“一个中国式的抒情的人道主义者”，小说多叙民间故事，十足的中国风。《大淖记事》乃短篇连缀，散文化、抒情性，气象阔大，尺幅千里，在他的作品中是有代表性的。

八十年代中期，“思想解放运动”落潮，美学热、文化热兴起。在文学界，“寻根文学”“先锋小说”应运而生。“寻根”本是现实问题的深化，然而，“寻”的结果，往往“超时代”，脱离现实政治。王安忆的《小鲍庄》，以多元的叙述视角，通过对淮北一个小村庄几户人家的命运，尤其是捞渣之死的描写，剖析了传统乡村的文化心理结构，内含对国民性及现实生活的双面批判，是其中少有的佳作。“先锋小说”在叙事上丰富了中国小说，但是由于欠缺坚实的人生体验，大体浅尝辄止，成就不大，有不少西方现代主义的赝品。

至九十年代，中篇小说创作进入低落、平稳的状态。这时，作家或者倡言“新写实主义”，“分享艰难”，或者标榜“个人化叙事”，暴露私隐。无论回归正统还是偏离正统，都意味着文学进入了一个思想淡出、收敛锋芒的时期。王朔是一个异类，嘲弄一切，否弃一切；他的作品，容易让人想起鲁迅的名文《流氓的变迁》，却也不失其解构的意义。这时，有不少作家致力于历史题材的书写或改写，莫言的《红高粱》写抗战时期的民众抗争，格非的《迷舟》写北伐战事，从叙述学的角度看，明显是另辟蹊径的。苏童的《妻妾成群》，写的是大家族的妇女生活。在大宅门内，正妻看透世事，转而信佛；

小妾却互相倾轧，死的死，疯的疯。这些女人，都需要依附主子而活；互相迫害成为常态，不失为一个古老的男权社会的象征。尤凤伟的《小灯》和林白的《回廊之椅》写历史运动，视角不同，笔调也很不一样。尤凤伟重写实，重细节，笔力雄健；林白则往往避实就虚，描写多带诗性，比较丁玲的《太阳照在桑干河上》和周立波的《暴风骤雨》等经典作品，却都是带有颠覆性的叙述。贾平凹有一个关于土匪生活的系列中篇，艺术上很有特色。现实题材中，余华的《许三观卖血记》，刘庆邦的《到城里去》，迟子建的《世界上所有的夜晚》，胡学文的乡土故事和徐则臣的北漂系列，多向写出“新时期”的种种窘态。钟求是的《谢雨的大学》，解析当代英雄，包括大学教育体制，是一个值得注意的作品。关于官场、矿区、下岗工人、性工作者，现代化、城市化过程中的一些重大的社会事件和现象，都在中篇创作中有所反映，但大多显得简单粗糙，质量不高。

一百年来，经过时间的淘洗，积累了一批具有经典性、代表性的中篇小说。“百年中篇典藏”按现代到当代的不同时段，从中遴选出二十四部作品，同时选入相关的其他中短篇乃至散文、评论若干一起出版。宗旨是，使读者对具体的作家、作品，乃至一百年来中篇小说创作的源流状貌有一个较为完整的了解。

郁達夫

作者简介

郁达夫（1896—1945）原名郁文，浙江富阳人。3岁丧父，7岁开始在家乡接受启蒙教育，继而到杭州等地求学。1913年，随长兄郁华赴日本学习。1921年，他和郭沫若、成仿吾等发起成立创造社，出版新文学最早的白话短篇小说集《沉沦》。1922年，主编的《创造季刊》正式发行。1926年，同郭沫若赴广州，在中山大学任教。同年12月回上海。1927年8月脱离创造社。1928年，郁达夫与鲁迅合编《奔流》月刊。1930年2月，中国自由运动大同盟成立，为发起人之一；3月，参加中国左翼作家联盟；1933年初又加入宋庆龄、蔡元培主持的民权保障同盟。4月，举家由上海移居杭州。1936年，就任福建省参议兼公报室主任。1937年抗日战争爆发后，奔赴武汉参加国民政府军事委员会政治部第三厅工作。1938年末，客居南洋。1941年12月，太平洋战争爆发后，辗转到苏门答腊，以办酒厂为掩护，化名“赵廉”隐居下来。不久被胁迫到日本宪兵部当翻译达七八个月之久。1945年日本宣告投降后，被日本宪兵部秘密杀害。

郁达夫与王映霞

张资平、郭沫若、郁达夫、成仿吾

郁达夫与王映霞

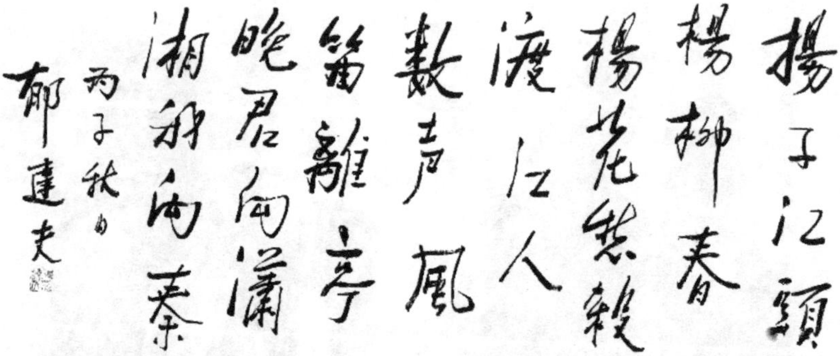

郁达夫手迹

《她是一个弱女子》

《饶了她》

《迷羊》

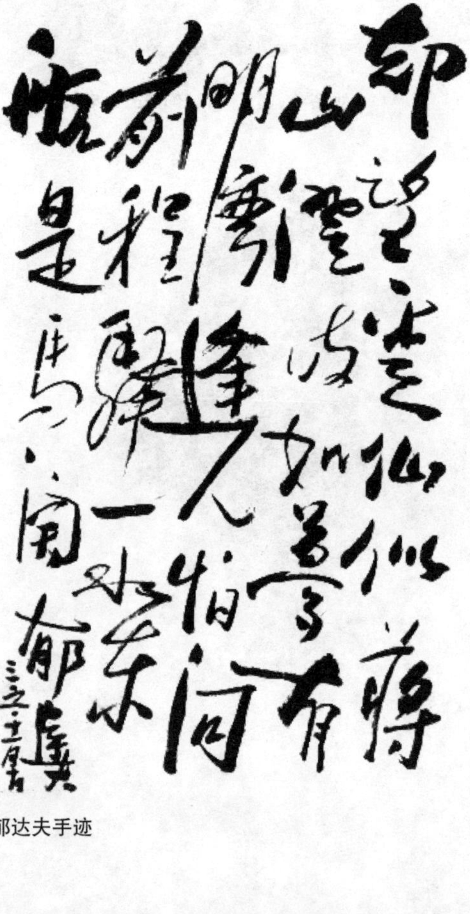

郁达夫手迹

目录

她是一个弱女子

郁达夫

一

她的名字叫郑秀岳。上课之前点名的时候，一叫到这三个字，全班女同学的眼光，总要不约而同地会聚到她那张蛋圆粉腻的脸上去停留一刻，有几个坐在她下面的同学，每会因这注视而忘记了回答一声“到！”男教员中间的年轻的，每叫到这名字，也会不能自已地将眼睛从点名簿上偷偷举起，向她那双红润的嘴唇，黑漆的眼睛，和高整的鼻梁，试一个急速贪恋的鹰掠。虽然身上穿的，大家都是一样的校服，但那套腰把紧紧的蓝布衫儿，褶绉一类的短黑裙子，和她的这张粉脸，这双肉手，这两条圆而且长的白袜腿脚，似乎特别的相称，特别的合式。

全班同学的年龄，本来就上下不差几岁的，可是操起体操来，她所站的地位总在一排之中的第五六个人的样子。在她右手的几个，也有瘦而且长，比她高半个头的；也有肿胖魁伟，像大寺院门前的金刚下世的；站在她左手以下的人，形状更是畸畸怪怪，变态百出了，有几个又矮又老的同学，看起来简直是像欧洲神话里化身出来的妖怪婆婆。

暑假后第二学期开始的时候，郑秀岳的座位变过了。入学考试列在第七名的她，在暑假大考里居然考到了第一。

这一年的夏天特别的热，到了开学后的阳历九月，残暑还在蒸人。开校后第二个礼拜六的下午，郑秀岳换了衣服，夹了一包书籍之类的小包站立在校门口的树荫下探望，似乎想在许多来往喧嚷着的同学、车子、行人的杂乱堆里，找出她家里来接她回去的包车来。

许多同学都嘻嘻哈哈的回去了，门前搁在那里等候的车辆也少下去了，而她家里的那乘新漆的钢弓包车依旧还没有来。头上面猛烈的阳光在穿过了树荫施威，周围前后对几个有些认得的同学少不得又要招呼谈几句话，家里的车子寻着等着可终于见不到踪影。郑秀岳当失望之后，脸上的汗珠自然地也增加了起来，纱衫的腋下竟淋淋地湿透了两个圈儿。略把眉头皱了一皱，她正想回身再走进校门去和门房谈话的时候，从门里头却忽而叫出了一声清脆的唤声来：

“郑秀岳，你何以还没有走？”

举起头来，向门里的黑荫中一望，郑秀岳马上就看出了一张清丽长方，瘦削可爱的和她在讲堂上是同座的冯世芬的脸。

“我们家里的车子还没有来啦。”

"让我送你回去，我们一道坐好啦。你们的家住在哪里的？"

"梅花碑后头，你们的呢？"

"那顶好得咧，我们住在太平坊巷里头。"

郑秀岳踌躇迟疑了一会，可终被冯世芬的好意的劝招说服了。

本来，她俩就是在同班中最被注意的两个。入学试验是冯世芬考的第一，这次暑假考后，她却落了一名，考到了第二。两人的平均分数，相去只有一点三五的差异，所以由郑秀岳猜来，想冯世芬心里总未免有点不平的意气含蓄在那里。因此她俩在这学期之初，虽则课堂上的坐席，膳厅里的食桌，宿舍的床位，自修室的位置都在一道。但相处十余日间，郑秀岳对她终不敢有十分过于亲密的表示。而冯世芬哩，本来就是一个理性发达，天性良善的非交际家。对于郑秀岳，她虽则并没有什么敌意怀着，可也不想急急的和她缔结深交。但这一次的同车回去，却把她两人中间的本来也就没有什么的这一层隔膜穿破了。

当她们两人正挽了手同坐上车去的中间，门房间里，却还有一位二年级的金刚，长得又高又大的李文卿立在那里偷看她们。她的脸上，满洒着一层红黑色的雀斑。面部之大，可以比得过平常的长得很魁梧的中年男子。她做校服的时候，裁缝店总要她出加倍的钱，因为尺寸太大，材料手工，都要加得多。说起话来，她那副又洪又亮的沙喉咙，就似乎是徐千岁在唱《二进宫》。但她家里却很有钱，狮子鼻上架在那里的她那副金边眼镜，便是同班中有些破落小资产阶级的女孩儿的艳羡的目标。初进学校的时候，她的两手，各带着三四个又粗又大的金戒指在那里的。后来被舍监说了，她才咕哝着“那有什么，不带就不带好啦”的泄气话从手上除了下来。她很用功，但所看的书，都是些《二度梅》《十美图》之类的旧式小说。最新的也不过看鸳鸯蝴蝶式的什么什么姻缘。她有一件长处，就是用钱的毫无吝惜，与对同学的广泛的结交。

她立在门房间里，呆呆的看郑秀岳和冯世芬坐上了车，看她们的车子在太阳光里离开了河沿，才同男子似的自言自语地咂了一咂舌说：

“啐，这一对小东西倒好玩儿！”

她脸上同猛犬似的露出了一脸狞笑，老门房看了她这一副神气，也觉得好笑了起来，就嘲弄似地对她说笑话说：

“李文卿，你为啥勿同她们来往来往？”

李文卿听了，在雀斑中间居然也涨起了一阵红潮，就同壮汉似地呵呵哈哈的放声大笑了几声，随后拔起脚跟，便雄赳赳地大踏步走回到校里面的宿舍中去了。

二

梅花碑西首的谢家巷里，建立有一排朝南三开间，前后都有一方园地的新式住屋。这中间的第四家黑墙门上，钉着一块泉唐郑的铜牌，便是郑秀岳的老父郑去非的隐居之处。

郑去非的年纪已将近五十了，自前妻生了一个儿子，不久就因产后伤风死去之后，一直独身不娶，过了将近十年。可是出仕之后，辗转变迁，他的差使却不曾脱过。最初在福建做了两任知县，卸任回来，闲居不上半载，他的一位好友，忽在革命前两年，就了江苏的显职，于是他也马上被邀了入幕。在幕中住了一年，他又因老友的荐挽，居然得着了一个扬州知府的肥缺。本来是优柔寡断的好好先生的他，为几个幕中同事所包围，居然也破了十年来的独身之戒，在接任之前，就娶了一位扬州的少女，为他的掌印夫人。结婚之后，不满十个月，郑秀岳就生下来了。当她还不满周岁的时候，她的异母共父，在上海学校里念书的那位哥哥，忽在暑假考试之前染了霍乱，不到几日竟病殁了在上海的一家病院之中。

郑去非于痛子之余，中年的心里也就起了一种消极的念头。民国成立，扬州撤任之后，他不想再去折腰媚上了，所以便带了他的娇妻幼女，搬回到了杭州的旧籍泉唐。本来也是科举出身的他，墨守着祖上的宗风，从不敢稍有点违异，因之罢仕归来，一点俸余的积贮，也仅够得他父女三人的平平的生活。

政潮起伏，军阀横行，中国在内乱外患不断之中时间一年年的过去，郑秀岳居然长成得秀媚可人，已经在杭州的这有名的女学校里，考列到一级之首了。

冯世芬的车子，送她到了门口，郑秀岳拉住了冯世芬的手，一定要她走下车来，一同进去吃点点心。

郑家的母亲，见了自己的女儿和女儿的同学来家，自然是欢喜得非常，但开头的第一句，郑秀岳的母亲，却告诉她女儿说：

“车夫今天染了痧气，午饭后就回了家。最初我们打电话打不通，等到打通的时候，门房说你们已经坐了冯家的包车，一道出校来了。”

冯世芬伶伶俐俐地和郑家伯父伯母应对了一番，就被郑秀岳邀请到了东厢房的她的卧室。两人在卧房里说说笑笑，吃吃点心，不知不觉，竟梦也似的过了两三个钟头。直到长长的午后，日脚也已经斜西的时候，冯世芬坚约了郑秀岳于下礼拜六，也必须到她家里去玩一次，才匆匆地登车别去。

太平坊巷里的冯氏，原也是杭州的世家。但是几代下来，又经了一次辛亥的革命，冯家在任现职的显官，已经没有了。尤其是冯世芬的那一房里，除了冯世芬当大，另外还有两个弟弟之外，财产既是不多，而她的父亲又当两年前的壮岁，客死了在汉阳的任所。所以冯世芬和母亲的生活的清苦，也正和郑秀岳她们差仿不多。尤其是杭州人的那一种外强中干，虚张门面的封建遗泽，到处在鞭挞杭州固有的旧家，而使他们做了新兴资产阶级的被征服者被压迫者还不敢反抗。

冯世芬到了家里，受了她母亲的微微几声何以回来得这样迟的责备之后，就告诉母亲说：

“今天我到一位同学郑秀岳家里去耍子了两个钟头，所以回来迟了一点，我觉得她们家里，要比我们这里响亮得多。”

“芬呀，人总是不知足的。万事都还该安分守已才好。假使你爸爸不死的话，那我们又何必搬回到这间老屋里来住哩？在汉阳江上那间洋房里住住，岂不比哪一家都要响亮？万般皆由命，还有什么话语说哩！”

在这样说话的中间，她的那双泪盈盈的大眼，早就转视到了起坐室正中悬挂在那里的那幅遗像的高头。冯世芬听了她母亲的这一番沉痛之言，也早把今天午后从新交游处得来的一腔喜悦，压抑了下去。两人沉默了一会，她才开始说：

“娘娘，你不要误会，我并不在羡慕人家，这一点气骨，大约你总也晓得我的。不过你老这样三不是地便要想起爸爸来这毛病，却有点不大对，过去的事情还去说它作什么！难道我们姊弟三人，就一辈子不会长大成人了么！”

“唉，你们总要有点志气，不堕家声才好啊？”

这一段深沉的对话，忽被外间厅上的两个小孩的脚步跑声打断了。他们还没有走进厅旁侧门之先，叫唤声却先传进了屋里。

“娘娘，今天车子作啥不来接我们？”

“娘娘，今天车子作啥不来接我们？”

跟着这唤声跑进来的，却是两个看起来年纪也差仿不多，面貌也几乎是一样的十二三岁的顽皮孩子。他们的相貌都是清秀长方，像他们的姊姊。而鼻腰深处，张大着的那一双大眼，一望就可以知道这三人，都便是那位深沉端丽的中年寡妇所生下来的姊弟行。

两孩子把书包放上桌子之后，就同时跑上了他们姊姊的身边，一个人拉着了一只手，昂起头笑着对她说：

“大姊姊，今天有没有东西买来？”

“前礼拜六那么的奶油饼干有没有带来？”

被两个什么也不晓得的天使似的幼儿这么一闹，刚才笼在起坐室里的一片愁云，也渐渐地开散了。冯夫人带着苦笑，伸手向袋里摸出了几个铜元，就半嗔半喜地骂着两小孩说：

“你们不要闹了，喏，拿了铜板去买点心去。”

三

秋渐渐的深了，郑秀岳和冯世芬的交谊，也同园里的果实、坂里的干草一样，追随着时季而到了成熟的黄金时代。上课、吃饭、自修的时候，两人当然不必说是在一道的。就是睡眠散步的时候，她们也一刻儿都舍不得分开。宿舍里的床位，两人本来是中间隔着一条走路，面对面对着的。可是她们还以为这一条走路，便是银河，深怨着每夜舍监来查宿舍过后，不容易马上就跨渡过来。所以郑秀岳就想了一个法子，和一位睡在她床背后和她的床背贴背的同学，讲通了关节，教冯世芬和这位同学对换了床位。于是白天挂起帐子，俨然是两张背贴背的床铺，可是晚上帐门一塞紧，她们俩就把床背后的帐子撩起，很自由地可以爬来爬去。

每礼拜六的晚上，则不是郑秀岳到冯家，便是冯世芬到郑家去过夜。又因为郑秀岳的一刻都抛离不得冯世芬之故，有几次她们俩简直到了礼拜六也不愿意回去。

人虽然是很温柔，但情却是很热烈的郑秀岳，只教有五分钟不在冯世芬的边上，就觉得自己是一个被全世界所遗弃的人，心里头会感到一种说不出的空洞之感，简直苦得要哭出来的样子。但两人在一道的时候，不问是在课堂上或在床上，不问有人看见没有看见，她们也只不过是互相看看，互相捏捏手，或互相摸摸而已，别的行为，却是想也不曾想到的。

同学中间的一种秘密消息，虽则传到她们耳朵里来的也很多很多，譬如李文卿的如何的最爱和人同铺，如何的临睡时一定要把上下衣裤脱得精光，更有一包如何如何的莫名其妙的东西带在身边之类的消息，她们听到的原也很多，但是她们却始终没有懂得这些事情究竟是什么意义。

将近考年假考的有一天晴寒的早晨，郑秀岳因为前几天和冯世芬同用了几天功，温了些课，身体觉得疲倦得很。起床钟打过之后，冯世芬屡次催她起来，她却只睡着斜向着了冯世芬动也不动一动。忽儿一阵腰酸，一阵腹痛，她觉得要上厕所去了，就恳求冯世芬再在床上等她一歇，等她解了溲回来之后，再一同下去洗面上课。过了很长很长的一段时间，她却脸色变得灰白，眼睛放着急迫的光，满面惊惶地跑回到床上来了。到了去床还有十步距离的地方，她就尖了喉咙急叫着说：

"冯世芬！冯世芬！不好了！不好了！"

跑到了床边，她就又急急的说：

"冯世芬，我解了溲之后，用毛纸揩揩，竟揩出了满纸的血，不少的血！"

冯世芬起初倒也被她骇了一跳，以为出了什么大事情了，但等听到了最后的一句，就哈哈哈哈的笑了起来。因为冯世芬比郑秀岳大两岁，而郑秀岳则这时候还刚满十四，她来报名投考的时候，却是瞒了年纪才及格的。

郑秀岳成了一个完全的女子了，这一年年假考考毕之后，刚回到家里还没有住上十日的样子，她又有了第二次的经验。

她的容貌也越长得丰满起来了，本来就粉腻洁白的皮肤上，新发生了一种光泽，看起来就像是用绒布擦熟的白玉。从前做的几件束胸小背心，一件都用不着了，胸部腰围，竟大了将近一寸的尺寸。从来是不大用心在装修服饰上的她，这一回年假回来，竟向她的老父敲做了不少的衣裳，买了不少的化妆杂品。

天气晴暖的日子，和冯世芬上湖边去闲步，或湖里去划船的时候，现在她所注意的，只是些同时在游湖的富家子女的衣装样式和材料等事情。本来对家庭毫无不满的她，现在却在心里深深地感觉起清贫的难耐来了。

究竟是冯世芬比她大两岁年纪，渐渐地看到了她的这一种变化，每遇着机会，便会给以很诚恳很彻底的教诫。譬如有一次她们俩正在三潭印月吃茶的时候，忽而从前面埠头的一只大船上，走下来了一群大约是军阀的家室之类的人。其中有一位类似荡妇的年轻太太，穿的是一件仿佛由真金线织成的很鲜艳的袍子。袍子前后各绣着两朵白色的大牡丹，日光底下远看起来，简直是一堆光耀眩人的花。紧跟在她后面的一位年纪也很轻的马弁臂上，还搭着一件长毛乌绒面子乌云豹皮里子的斗篷在那里。郑秀岳于目送了她们一程之后，就不能自已地微叹着说：

“一样的是做人，要做得她那样才算是不枉过了一生！”

冯世芬接着就讲了两个钟头的话给她听。说，做人要自己做的，浊富不如清贫，军阀资本家土豪劣绅的钱都是背了天良剥削来的。衣饰服装的美不算是伟大的美，我们必须要造成人格的美和品性的美来才算伟大。清贫不算倒霉，积着许多造孽钱来夸示人家的人才是最无耻的东西；虚荣心是顶无聊的一种心理，女子的堕落阶级的第一段便是这虚荣心，有了虚荣心就会生嫉妒心了。这两种坏心思是由女子的看轻自己不谋独立专想依赖他人而生的卑劣心理，有了这种心思，一个人就永没有满足快乐的日子了。钱财是人所造的，人而不驾驭钱财反被钱财所驾驭，那还算得是人么？

冯世芬说到了后来，几乎兴奋得要出眼泪，因为她自己心里也十分明白，她实在也是受着资本家土豪的深刻压迫的一个穷苦女孩儿。

四

郑秀岳冯世芬升入了二年级之后，座位仍没有分开，这一回却是冯世芬的第一，郑秀岳的第二。

春期开课后还不满一个月的时候，杭州的女子中等学校要联合起来开一个演说竞赛会。在联合大会未开之前，各学校都在预选代表，练习演说。郑秀岳她们学校里的代表举出了两个来，一个是三年级的李文卿，一个是二年级的冯世芬。但是联合大会里出席的代表是只限定一校一个的。所以在联合大会未开以前的一天礼拜六的晚上，她们代表俩先在本校里试了一次演说的比赛。题目是《富与美》，评判员是校里的两位国文教员。这中间的一位，姓李名得中，是前清的秀才，湖北人，担任的是讲解古文诗词之类的功课，年纪已有四十多了。李先生虽则年纪很大，但头脑却很会变通，可以说是旧时代中的新人物。所以他的讲古文并不拘泥于一格，像放大的缠足姑娘走路般的白话文，他是也去选读，而他自己也会写写的。其他的一位，姓张名康，是专教白话文新文学的先生，年纪还不十分大，他自己每在对学生说只有廿九岁，可是客观地观察他起来，大约比廿几岁总还要老练一点。张先生是北方人，天才焕发，以才子自居。在北京混了几年，并不曾经过学堂，而写起文章来，却总娓娓动人。他的一位在北京大学毕业而在当教员的宗兄有一年在北京死了，于是他就顶替了他的宗兄，开始教起书来。

那一晚的演说《富与美》，系由李文卿作正而冯世芬作反的讲法的。李文卿用了她那一副沙喉咙和与男子一样的姿势动作在讲台上讲了一个钟头。内容的大意，不过是说："世界上最好的事情是富，富的反对面穷，便是最大的罪恶。人富了，就可以买许多东西，吃也吃得好，穿也穿得好，还可以以金钱去买到许多许多别的不能以金钱换算的事物。那些什么名誉，人格，自尊，清节等等，都是空的，不过是穷人用来聊以自娱的名目。还有天才，学问等等也是空的，不过是穷措大在那里吓人的傲语。会刮地皮积巨富的人，才是实际的天才。会乱钻乱剥，从无论什么里头都去弄出钱来等事情，才是实际的学问。什么叫孝悌忠信礼义廉耻，要顾到这些的时候，那你早就饿杀了。有了钱就可以美，无论怎么样的美人都买得到。只教有钱，那身上家里，就都可以装饰得很美丽。所以无钱就是不能够有美，就是不美。"

这是李文卿的演说的内容大意，冯世芬的反对演说，大抵是她时常对郑秀岳说的那些主义。她说要免除贫，必先打倒富。财产是强盗的劫物，资本要为公才有意义。对于美，她主张人格美劳动美自然美悲壮美等，无论如何总要比肉体美装饰美技巧美更加伟大。

演说的内容，虽是冯世芬的来得合理；但是李文卿的沙喉咙和男子似的姿势动作，却博得了大众的欢迎。尤其是她从许多旧小说里读来的一串一串的成语，如"闭月羞花之貌，沉鱼落雁之容”之类的口吻，插满在她的那篇演说词里，所以更博得了一帮修辞狂的同学和李得中先生的赞赏。但等两人的演说完后，由评判员来取决判断的当儿，那两位评判员中间，却惹起了一场极大的争论。

李得中先生先站起来说李文卿的姿势喉音极好，到联合大会里去出席，一定能够夺得锦标，所以本校的代表应决定是李文卿。他对锦标的两字，说得尤其起劲，翻翻覆覆地竟说了三次。而张康先生的意见却正和李先生的相反，他说冯世芬的思想不错。后来你一言我一语的说了许多时候，形势倒成了他们两人的辩论大会了。

到了最后，张先生甚至说李先生姓李，李文卿也姓李，所以你在帮她。对此李先生也不示弱，就说张先生是乱党，所以才赞成冯世芬那些犯上作乱的意见。张先生气起来了，就索性说，昨天李文卿送你的那十听使馆牌，大约就是你赞成她的意见的主要原因罢。李先生听了也涨红了脸回答他说，你每日每日写给冯世芬的信，是不是就是你赞成冯世芬的由来。

两人先本是和平地说的，后来喉音各放大了，最后并且敲台拍桌，几乎要在讲台上打起来的样子。

台下在听讲的全校学生，都看得怕起来了，紧张得连咳嗽都不敢咳一声。后来当他们两位先生的热烈的争论偶尔停止片时的中间，大家都只听见了那盏悬挂在讲堂厅上的汽油灯的此此的响声。这一种暴风雨前的片时沉默，更在台下的二百来人中间造成了一种恐怖心理。正当大家的恐怖达到极点的时候，冯世芬却不忙不迫的从座位里站立了起来说：

“李先生，张先生，我因为自己的身体不好，不能作长时间的辩论，所以去出席大会当代表的光荣，我自己情愿放弃。我并且也赞成李先生的意见，要李文卿同学一定去夺得锦标，来增我们母校之光。同学们若赞成我的提议的，请一致起立，先向李代表、李先生、张先生表示敬意。”

冯世芬的声量虽则不洪，但清脆透彻的这短短的几句发言，竟引起了全体同学的无限的同情。平时和李文卿要好，或曾经受过李文卿的金钱及赠物的大部分的同学，当然是可以不必说，即毫无成见的少数中立的同学也立时应声站立了起来。其中只两三个和李文卿同班的同学，却是满面呈现着怒容，仍兀然的留在原位里不肯起立。这可并不是因为她们不赞成冯世芬之提议，而在表示反对。她们不过在怨李文卿的弃旧恋新，最近终把她们一个个都丢开了而在另寻新恋，因此所以想借这机会来报报她们的私仇。

五

到底是年长者的李得中先生的眼光不错，李文卿在女子中等学校联合演说竞赛会里，果然得了最优胜的金质奖章。于是李文卿就一跃而成了全校的英雄。从前大家只以滑稽的态度或防卫的态度对她的，现在有几个顽固的同学，也将这种轻视她的心情减少了。而尤其使大家觉得她这个人的可爱的，是她对于这次胜利之后的那种小孩儿似的得意快活的神情。

一块双角子那么大的金奖章，她又花了许多钱拿到金子店里去镶了一个边，装了些东西上去，于是从早晨到晚上她便把它挂在校服的胸前，远看起来，仿佛是露出在外面的一只奶奶头。头几天把这块金牌挂上的时候，她连在上课的时候，也尽在伏倒了头看她自己的胸部。同学中间的狡猾一点的人，识破了她的这脾气，老在利用着她，因为你若想她花几个钱来请请客，那你只教跑上她身边去，拉住着她，要她把这块金牌给你看个仔细，她就会笑开了那张鳖鱼大嘴，挺直身子，张大胸部，很得意地让你去看。你假装仔细看后，再加上以几句赞美的话，那你要她请吃什么她就把什么都买给你了。后来有一个人，每天要这样的去看她的金牌好几次，她也觉得有点奇怪了，就很认真地说：

“怎么啦，你会这样看不厌的？”

这看的人见了她那一种又得意又认真的态度表情，便不觉哈哈哈哈的大笑了起来。捧腹大笑了一阵之后，才把这要看的原因说出来给她听。她听了也有点发气了，从这事情以后她请客就少请了许多。

与这请客是出于同样的动机的，就是她对于冯世芬的特别的好意。她想她自己的这一次的成功，虽完全系出于李得中先生的帮忙，但冯世芬的放弃代表资格，也是她这次胜利的直接原因。所以她于演说竞赛完后的当日，就去亨得利买了一只金壳镶钻石的瑞士手表，于晚饭之后，在操场上寻着了冯世芬和郑秀岳，诚诚恳恳地拿了出来，一定要给冯世芬留着做个纪念。冯世芬先惊奇了一下，尽立住了脚张大了眼，莫名其妙地对她看了半晌。靠在冯世芬的左手，同小鸟似的躲缩在冯世芬的腋下的郑秀岳也骇倒了，心里在跳，脸上涨出了两圈红霤。因为虽在同一学校住了一年多，但因不同班之故，她们和李文卿还绝对不曾开过口交过谈。况且关于李文卿又有那一种风说，凡是和她同睡过几天的人，总没有一个人不为同学所轻视的。而李文卿又是个没有常性的人，恃了她的金钱的富裕和身体的强大，今天到东，明天到西，尽在校内校外，结交男女好友。所以她们这一回受了她突如其来的这种袭击，就有半晌不能够开口说话，郑秀岳并且还全身发起抖来了。

冯世芬于惊定之后，才急促的对李文卿说：

"李文卿，我和你本来就没有交情。并且那代表资格，是我自己情愿放弃的，与你无关，这种无为的赠答，我断不能收受。"

斩钉截铁的说出了这几句话，冯世芬便拖了郑秀岳又向前走了。李文卿也追了上去，一边跟，一边她仍在懊恼似的大声的说：

"冯世芬，我是一点恶意也没有的，请你收着罢，我是一点恶意也没有的。"

这样的被跟了半天，冯世芬却头也不回一回，话也不答一句。并且那时候太阳早已下山，薄暮的天色，也沉沉晚了。冯世芬在操场里走了半圈，就和郑秀岳一道走回到了自修室里，而跟在后面的李文卿，也不知于什么时候走掉了。

郑秀岳她们在电灯底下刚把明天的功课预备了一半的时候，一个西斋的老斋夫，忽而走进了她们的自修室里，手里捏了一封信和一只黑皮小方盒，说是三年级的李文卿教送来的。

冯世芬因为几刻钟前在操场上所感到的余愤未除，所以一刻也不迟疑地对老斋夫说：

"你全部带回去好了，只说我不在自修室里，寻我不着就对。"

老斋夫惊异地对冯世芬的严不可犯的脸色看了一下，然后又迟疑胆怯地说：

“李文卿说，一定要我放在这里的。”

这时候郑秀岳心里，早在觉得冯世芬的行为太过分了，所以就温和地在旁劝冯世芬说：

“冯世芬，且让他放在这里，看它一看如何？若要还她，明天教女佣人送回去，也还不迟呀。”

冯世芬却不以为然，一定要斋夫马上带了回去，但郑秀岳好奇心重，从斋夫手里早把那黑皮小方盒接了过来，在光着眼打开来细看。老斋夫把信向桌上一搁，马上就想走了，冯世芬又叫他回来说：

“等一等，你把它带了回去！”

郑秀岳看了那只精致的手表，却爱惜得不忍释手，所以眼看着盒子里的手表，一边又对冯世芬说：

“索性把她那封信，也打开来看它一看，明天写封回信教佣人和手表一道送回，岂不好吗？”

老斋夫在旁边听了，点了点头，笑着说：

“这才不错，这才可以教我去回报李文卿。”

郑秀岳把表盒搁下，伸手就去拿那封信看，冯世芬到此，也没有什么主意了，就只能教老斋夫先去，并且说，明朝当差这儿的佣人，再把信和表一道送上。

六

世芬同学大姊妆次

桃红柳绿，鸟语花香，芳草缤纷，落英满地，一日不见，如三秋矣，一秋不见，如三百年也，际此春光明媚之时，恭维吾姊起居迪吉，为欣为颂。敬启者，兹因吾在演说大会中夺得锦标，殊为侥幸，然饮水思源，不可谓非吾姊之所赐。是以买得铜壶，为姊计漏，万望勿却笑纳，留作纪念。吾之此出，诚无恶意，不过欲与吾姊结不解之缘，订百年之好，并非即欲双宿双飞，效鱼水之欢也。肃此问候，聊表寸衷。

妹李文卿鞠躬

郑秀岳读了这一封信后，虽则还不十分懂得什么叫作鱼水之欢，但心里却佩服得了不得，从头到尾，竟细读了两遍，因为她平日接到的信，都是几句白话，读起来总觉得不大顺口。就是有几次有几位先生私私塞在她手里的信条，也没有像这一封信样的富于辞藻。她自己虽则还没有写过一封信给任何人，但她们的学校里的同学和先生们，在杭州是以擅于写信出名的。同学好友中的私信往来，当然是可以不必说，就是年纪已经过了四十，光秃着头，带着黑边大眼镜，肥胖矮小的李得中先生，时常也还在那里私私写信给他所爱的学生们。还有瘦弱长身，脸色很黄，头发极长，在课堂上，居然严冷可畏，下了课堂，在房间里接待学生的时候，又每长吁短叹，老在诉说身世的悲凉，家庭的不幸的张康先生，当然也是常在写信的。可是他们的信，和这封李文卿的信拿来一比，觉得这文言的信读起来要有趣得多。

她读完信后，心里尽这样的想着，所以居然伏倒了头，一动也不动的静默了许多时。在旁边坐着的冯世芬，静候了她一歇，看她连一点儿动静都没有了，就用手向她肩头上去拍了一下，问她说：

“你在这里呆想什么？”

郑秀岳倒脸上红了一红，一边将写得流利豁达大约是换过好几张信纸才写成的那张粉红布纹笺递给了冯世芬，一边却笑着说：

“冯世芬，你看，她这封信写得真好！”

冯世芬举起手来，把她的捏着信笺的手一推，又朝转了头，看向书本上去，说：

“这些东西，去看它做什么！”

“但是你看一看，写得真好哩。我信虽则接到得很多，可是同这封信那么写得好的，却还从没有看见过。”

冯世芬听了她这句话之后，倒也像惊了一头似的把头朝了转来问她说：

“喔，你接到的信，都在拆看的么？”

她又红了一红脸，轻轻回答说：

“不看它们又有什么办法呢？”

冯世芬朝她看了一眼，微微地笑着，回身就把书桌下面的小抽斗一抽，杂乱地抓出了一大堆信来丢向了她的桌上。

“你要看，我这里还有许多在这儿。”

这一回倒是郑秀岳吃起惊来了。她平时总以为只有她，全校中只有她一个人，是在接着这些奇怪的信的，所以有几次很想对冯世芬说出来，但终于没有勇气。而冯世芬哩，平常同她谈的，都是些课本的事情，和社会上的情势，关于这些私行污事，却半点也不曾提及过。故而她和冯世芬虽则情逾骨肉地要好了半年多，但晓得冯世芬的也在接收这些秘密信件，这倒还是第一次。惊定之后，她伸手向桌上乱堆在那里的红绿小信件拨了几拨，才发现了这些信件，都还是原封不动地封固在那里，发信者有些是教员，有些是同学，还有些是她所不知道的人，不过其中的一大部分，却是曾经也写信给过她自己的。

"冯世芬，这些信你既不拆看，为什么不去烧掉？"

"烧掉它们作什么，重要的信，我才去烧哩。"

"重要的信，你倒反去烧？什么是重要的信？是不是文章写得很好的信？"

"倒也不一定，我对于文章是一向不大注意的。你说李文卿的这封信写得很好，让我看，她究竟做了一篇怎么的大文章。"

郑秀岳这一回就又把刚才的那张粉红笺重新递给了她，一边却静静地在注意着她的读信时候的脸色。冯世芬读了一行，就笑起来了，读完了信，更乐得什么似的笑说：

"啊啊，她这文章，实在是写得太好了。"

"冯世芬，这文章难道还不好么？那么要怎么样的文章才算好？"

冯世芬举目向电灯凝视了一下，明明似在思索什么的样子，她的脸上的表情，从严肃的而改到了决意的。把头一摇，她就伸手到了她的夹袄里层的内衣袋里摸索了一回，取出了一个对折好的狭长白信封后，她就递给郑秀岳说：

“这才是我所说的重要的信！”

郑秀岳接来打开一看，信封上写的是几行外国字。两个邮票，也是一红一绿的外国邮票。信封下面角上头才有用钢笔写的几个中国字：“中国杭州太平坊巷冯宅冯世芬收。”

七

世芬小同志：

别来三载，通信也通了不少了，这一封信，大约是我在欧洲发的最后一封，因为三天之后，我将绕道西伯利亚，重返中国。

你的去年年底发出的信，是在瑞士收到的。你的思想，果然进步了，真不负我二年来通信启发之劳，等我返杭州后，当更为你介绍几个朋友，好把你造成一个能担负改造社会的重任的人才。中国的目前最大压迫，是在各国帝国主义的侵略，封建余孽，军阀集团，洋商买办。都是帝国主义者的忠实代理人。他们再和内地的土豪、劣绅一勾结，那民众自然没有翻身的日子了。可是民众已在觉悟，大革命的开始，为期当不在远。广州已在开始进行工作，我回杭州小住数日，亦将南下，去参加建设革命基础。

不过中国的军阀实在根蒂深强，打倒一个，怕又要新生两个。现在党内正在对此事设法防止，因为革命军阀实在比旧式军阀还可怕万倍。

我此行同伴友人很多，在墨斯哥将停留一月，最迟总于阳历五月底可抵上海。请你好好的用功，好好的保养身体，预备我来和你再见时，可以在你脸上看到两圈鲜红的苹果似的皮层。

你的小舅舅陈应环　二月末日在柏林

郑秀岳读完了这一封信，也呆起来了。虽则信中的意义，她不能完全懂得，但一种力量，在逼上她的柔和犹惑的心来。她视而不见地对电灯在呆视着，但她的脑里仿佛是朦胧地看出了一个巨人，放了比李文卿更洪亮更有力的声音在对她说话："你们要自觉，你们要革命，你们要去吃苦牺牲！"因为这些都是平时冯世芬和她常说的言语，而冯世芬的这些见解，当然是从这一封信的主人公那里得来的。

旁边的冯世芬把这信交出之后，又静静儿的去看书去了，等她看完了一节，重新掉过头来向郑秀岳回望时，只看见她将信放在桌上，而人还在对了电灯发呆。

"郑秀岳，你说怎么样？"

郑秀岳被她一喊，才同梦里醒来似的眨了几眨眼睛，很严肃地又对冯世芬看了一歇说：

"冯世芬，你真好，有这么一个小舅舅常在和你通信。他是你娘娘的亲兄弟么？多大的年纪？"

"是我娘娘的堂小兄弟，今年二十六岁了。"

"他从前是在什么地方读书的？"

"在上海的同济。"

"是学文学的么？"

“学的是工科。”

“他同你通信通了这么长久，你为什么不同我说？”

“半年来我岂不是常在同你说的么？”

“好啦，你却从没有说过。”

“我同你说的话，都是他教我的呀，我不过没有把信给你看，没有把他的姓名籍贯告诉你知道，不过这些却是一点儿关系也没有的私事，要说他做什么。重要的，有意义的话，我差不多都同你说了。”

在这样对谈的中间，就寝时候已经到了。钟声一响，自修室里就又杂乱了起来。冯世芬把信件分别收起，将那封她小舅舅的信仍复藏入了内衣的袋里。其他的许多信件和那张粉红信笺及小方盒一个，一并被塞入了那个书桌下面的抽斗里面。郑秀岳于整好桌上的书本之后，便问她说：

“那手表呢？”

“已经塞在小抽斗里了。”

“那可不对，人家要来偷的呢！”

“偷去了也好，横竖明朝要送去还她的。我真不愿意手触着这些土豪的赐物。”

“你老这样的看它不起，买买恐怕要十多块钱哩！”

“那么，你为我带去藏在那里罢，等明朝再送去还她。”

这一天晚上，冯世芬虽则早已睡着了，但睡在边上的郑秀岳，却终于睡不安稳。她想想冯世芬的舅舅，想想那替冯世芬收藏在床头的手表和李文卿，觉得都可以羡慕。一个是那样纯粹高洁的人格者，连和他通通信的冯世芬，都被他感化到这么个程度。一个是那样的有钱，连十几块钱的手表，都会漠然地送给他人。她想来想去，想到了后来，愈加睡不着了，就索性从被里伸出了一只手来，轻轻地打开了表盒，拿起了那只手表。拿了手表之后，她捏弄了一回，又将手缩回被里，在黑暗中摸索着，把这小表系上了左手的手臂。

“啊啊，假使这表是送给我的话，那我要如何的感谢她呀！”

她心里在想，想到了她假如有了这一个表时，将如何的快活。譬如上西湖去坐船的时候，可以如何的和船家讲钟头说价钱，还有在上课的时候看看下课钟就快打了，又可以得到几多的安慰！心里头被这些假想的愉快一掀动，她的神经也就弛缓了下去，眼睛也就自然而然地合拢来了。

八

早晨醒来的时候，冯世芬忽而在朦胧未醒的郑秀岳手上发现了那一只手表。这一天又是阴闷微雨的一天养花天气，冯世芬觉得悲凉极了，对郑秀岳又不知说了多少的教诫她的话。说到最后，冯世芬哭了，郑秀岳也出了眼泪，所以一起来后，郑秀岳就自告奋勇，说她可以把这表去送回原主，以表明她的心迹。

但是见了李文卿，说了几句冯世芬教她应该说的话后，李文卿却痴痴地瞟了她一眼。她脸红了，就俯下了头，不再说话。李文卿马上伸手来拉住了她的手，轻轻地说：

“冯世芬若果真不识抬举，那我也不必一定要送她这只手表。但是向来我有一个脾气，就是送出了的东西，决不愿意重拿回来，既然如此，那就请你将这表收下，作为我送你的纪念品。可是不可使冯世芬知道，因为她是一定要来干涉这事情的。”

郑秀岳俯伏了头，涨红了脸，听了李文卿的这一番话，心里又喜又惊，正不知道如何回答她的好。李文卿看了她这一种样子，倒觉得好笑起来了，就一边把摆在桌上的那黑皮小方盒，向她的袋里一塞，一边紧捏了一把她的那只肥手，又俯下头去，在她耳边轻轻地说：

“快上课了，你马上去罢！以后的事情，我们可以写信。”

她说了又用力把她向门外一推，郑秀岳几乎跌倒在门外的石砌阶沿之上。

郑秀岳于踉跄立定脚跟之后，心里还是犹疑不决。想从此把这只表受了回去，可又觉得对不起冯世芬的那一种高洁的心情，想把手表毅然还她呢，又觉得实在是抛弃不得。正当左右为难，去留未决的这当儿，时间却把这事情来解决了，上课的钟，已从前面大厅外当当当地响了过来。郑秀岳还立在阶沿上踌躇的时候，李文卿却早拿了课本，从她身边走过，走出圆洞门外，到课堂上去上课去了。当大踏步走近她身边的时候，她还在她耳边说了一句：“以后我们通信罢！”

郑秀岳见李文卿已去，不得已就只好急跑回到自修室里，但冯世芬的人和她的课本都已经不在了。她急忙把手表从盒子里拿了出来，藏入了贴身的短衫袋内，把空盒子塞入了抽斗底里，再把课本一拿，便三脚两步地赶上了课堂。向座位里坐定，先生在点名的中间，冯世芬就轻轻地向她说：

“那表呢？”

她迟疑了一会，也轻轻地回答说：

“已经还了她了。”

从此之后，李文卿就日日有秘密的信来给郑秀岳，郑秀岳于读了她的那些桃红柳绿的文雅信后，心里也有点动起来了，但因为冯世芬时刻在旁，所以回信却一次也没有写过。

这一次的演说大会，虽则为郑秀岳和李文卿造成了一个订交的机会，但是同时在校里，也造成了两个不共戴天的仇敌，就是李得中先生和张康先生。

李得中先生老在课堂上骂张康先生，说他是在借了新文学的名义而行公妻主义，说他是个色鬼，说他是在装作颓废派的才子而在博女人的同情，说他的文凭是假的，因为真正在北大毕业者是他的一位宗兄，最后还说他在北方家乡蓄着有几个老婆，儿女已经有一大群了。

张康先生也在课堂上且辩明且骂李得中先生说：

“我是真正在北大毕业的，我年纪还只有二十几岁，哪里会有几个老婆呢？儿女是只有一男一女的两个，何尝有一大群？那李得中先生才奇怪哩，某月某日的深夜我在某旅馆里看见他和李文卿走进了第三十六号房间。他作的白话文，实在是不通，我想白话文都写不通的人，又哪儿会懂文言文呢？他的所以从来不写一句文言文，不作一句文言诗者，实在是因为他自己知道了自己的短处在那里藏拙的缘故。我的先生某某，是当代的第一个文人，非但中国人都崇拜他，就是外国人也都在崇拜他，我往年常到他家里去玩的时候，看看他书架上堆在那里的，尽是些线装的旧书，而他却是专门做白话文的人。现在我们看看李得中这老朽怎么样？在他书架上除了几部《东莱博议》《古文观止》《古唐诗合解》《古文笔法百篇》《写信必读》《金瓶梅》之外，还有什么？”

像这样的你攻击我，我攻击你的在日日攻击之中，时间却已经不理会他们的仇怨和攻击，早就向前跑了。

有一天五月将尽的闷热的礼拜二的午后，冯世芬忽而于退课之后向郑秀岳说：

“我今天要回家去，打算于明天坐了早车到上海去接我那舅舅。前礼拜回家去的时候，从北京打来的电报已经到了，说是他准可于明天下午到上海的北站。”

郑秀岳听到了这一个消息，心里头又悲酸又惊异难过的状态，真不知道要如何说出来才对。她一想到从明天起的个人的独宿独步，独往独来，真觉得是以后再也不能做人的样子。虽则冯世芬在安慰她说过三五天就回来的，虽则她自己也知道天下无不散的筵席，但是这目下一时的孤独，将如何度过去呢？她把冯世芬再留一刻再留一刻地足足留了两个多钟头，到了校里将吃晚饭的时候，才揩着眼泪，送她出了校门。但当冯世芬将坐上家里来接，已经等了两个多钟头的包车的时候，她仍复赶了上去，一把拖住了呜咽着说：

“冯世芬，冯——世——芬——，你，你，你可不可以不去的？”

九

郑秀岳所最恐惧的孤独的时间终于开始了，第一天在课堂上，在自修室，在操场膳室，好像是在做梦的样子。一个不提防，她就要向边上“冯世芬”的一声叫喊出来。但注意一看，看到了冯世芬的那个空席，心里就马上会起绞榨，头上也像有什么东西罩压住似的会昏转过去。当然，在年假期内的她，接连几天不见到冯世芬的日子也有，可是那时候她周围有父母，有家庭，有一个新的环境包围在那里，虽则因为冯世芬不在旁边，有时也不免要感到一点寂寞，但决不是孤苦零丁，同现在那么的寂寞刺骨的。况且冯世芬的住宅，又近在咫尺，她若要见她，一坐上车，不消十分钟，马上就可以见到。不过现在是不同了，在这同一的环境之下，在这同一的轨道之中，忽而像剪刀似的失去了半片，忽而不见了半年来片刻不离的冯世芬，教她如何能够过得惯呢？所以礼拜三的晚上，她在床上整整的哭了半夜方才睡去。

礼拜四的日间，她的孤居独处，已经有点自觉意识了，所以白天上的一日课，还不见得有什么比头一天更难受之处。到了晚上，却又有一件事情发生了，便是李文卿的知道了冯世芬的不在，硬要搬过来和她睡在一道。

吃过晚饭，她在自修室刚坐下的时候，李文卿就教那老斋夫送了许多罐头食物及其他的食品之类的东西过来，另外的一张粉红笺上，于许多桃红柳绿的句子之外，又是一段什么鱼水之欢、同衾之爱的文章。信笺的末尾，大约是防郑秀岳看不懂她的来意之故，又附了一行白话文和一首她自己所注明的“情”诗在那里。

秀岳吾爱！

今晚上吾一定要来和吾爱睡觉。

附情诗一首

桃红柳绿好春天，吾与卿卿一枕眠，吾欲将身化锦被，天天盖在你胸前。

诗句的旁边，并且又用红墨水连圈了两排密圈在那里，看起来实在也很鲜艳。

郑秀岳接到了这许多东西和这一封信，心里又动乱起来了，教老斋夫暂时等在那里，她拿出了几张习字纸来，想写一封回信过去回复了她。可是这一种秘密的信，她从来还没有写过，生怕文章写得不好，要被李文卿笑。一张一张地写坏了两张之后，她想索性不写信了！“由它去罢，看她怎么样。”可是若不写信去复绝她的话，那她一定要以为是默认了她的提议，今晚上又难免要闹出事来的。不过若毅然决然地去复绝她呢，则现在还藏在箱子底下，不敢拿出来用的那只手表，又将如何的处置？一阵心乱，她就顾不得什么了，提起了笔，就写了“你来罢”的三个字在纸上。把纸折好，站起来想交给候在门外的斋夫带去的时候，她又突然间注意到了冯世芬的那个空座。

“不行的，不行的，太对不起冯世芬了。”

脑里这样的一转，她便同新得了勇气的斗士一样，重回到了座里。把手里捏着的那一张纸，团成了一个纸团，她就急速地大着胆写了下面那样的一条回信。

文卿同学姊：

来函读悉，我和你宿舍不同，断不能让你过来同宿！

万一出了事情，我只有告知舍监的一法，那时候倒反大家都要弄得没趣。食物一包，原璧奉还，等冯世芬来校后，我将和她一道来谢你的好意。匆此奉复。

妹郑秀岳敬上

那老斋夫似乎是和李文卿特别的要好，一包食品，他一定不肯再带回去，说是李文卿要骂他的，推让了好久，郑秀岳也没有办法，只得由他去了。

因为有了这一场事情，郑秀岳一直到就寝的时候为止，心里头还平静不下来。等她在薄棉被里睡好，熄灯钟打过之后，她忽听见后面冯世芬床里，出了一种息索的响声。她本想大声叫喊起来的，但怕左右前后的同学将传为笑柄，所以只空咳了两声，以表明她的还没有睡着。停了一忽，这息索的响声，愈来愈近了，在被外头并且感到了一个物体，同时一种很奇怪的简直闻了要窒死人的烂葱气味，从黑暗中传到了她的鼻端。她是再也忍不住了，便只好轻轻地问说：

"哪一个？"

紧贴近在她的枕头旁边，便来了一声沙喉咙的回答说：

"是我！"

她急起来了，便接连地责骂了起来说：

"你做什么，你来做什么？我要叫起来了，我同你去看舍监去！"

突然间一只很粗的大手盖到了她的嘴上，一边那沙喉咙就轻轻地说：

"你不要叫，反正叫起来的时候，你也没有面子的。到了这时候，我回也回不去了，你让我在被外头睡一晚罢！”

听了这一段话，郑秀岳也不响了。那沙喉咙便又继续说：

“我冷得很，冯世芬的被藏在什么地方的，我在她床上摸遍了，却终于摸不着。”

郑秀岳还是不响，约莫总过了五分钟的样子，沙喉咙忽然又转了哀告似的声气说：

“我的衣裤是全都脱下了的，这是从小的习惯，请你告诉我罢，冯世芬的被是藏在什么地方的？我冷得很。”

又过了一两分钟，郑秀岳才简洁地说了一句：“在脚后头。”本来脚后头的这一条被，是她自己的，因为昨天想冯世芬想得心切，她一个人怎么也睡不着，所以半夜起来，把自己的被折叠好了，睡入了冯世芬的被里。但到了此刻，她也不能把这些细节拘守着了，并且她若要起来换一条被的话，那李文卿也未见得会不动手动脚，那一个赤条条的身体，如何能够去和它接触呢？

李文卿摸索了半天，才把郑秀岳的薄被拿来铺在里床，睡了进去。闻得要头晕的那阵烂葱怪味，却忽而减轻了许多。停了一回，这怪气味又重起来了，同时那只大手又摸进了她的被里，在解她的小衫的钮扣。她又急起来了，用尽了力量，以两手紧紧捉住了那只大手，就又叫着说：

“你做什么？你做什么？我要叫起来了。”

“好好，你不要叫，我不做什么。我请你拿一只手到被外头来，让我来捏捏？”

郑秀岳没有法子，就以一只本来在捉住着那只大手的手随它伸出了被外。李文卿捉住了这只肥嫩娇小的手，突然间把它拖进了自己的被内。一拖进被，她就把这只手牢牢捏住当作了机器，向她自己的身上乱摸了一阵。郑秀岳的指头却触摸着了一层同沙皮似的皮肤，两只很松很宽向下倒垂的奶奶，腋下的几根短毛，在这短毛里凝结在那里的一块粘液。渐摸渐深，等到李文卿要拖她的这只手上腹部下去的时候，她却拼死命地挣扎了起来，马上想抽回她的这只手臂上已经被李文卿捏得有点酸痛了的右手。她虽用力挣扎了一阵，但终于挣扎不脱，李文卿到此也知道了她的意思了，就停住了不再往下摸，一边便以另外的一只空着的手拿了一个凉阴阴的戒指，套上了郑秀岳的那只手的中指。戒指套上之后，李文卿的手放松了，郑秀岳就把自己的手缩了回去，但当她的这只手拿过被头的时候，她的鼻里又闻着了一阵更猛烈更难闻的异臭。

郑秀岳的手缩回了被里，重将被头塞好的时候，李文卿便轻轻的朝她说：

“乖宝，那只戒指，是我老早就想送给你的，你也切莫要把冯世芬晓得。”

十

早晨天一亮，大约总只有五点多钟的光景，郑秀岳就从床上爬了起来。向里床一看，李文卿的脸朝了天，狮子鼻一掀一张，同男人似的呼吸出很大的鼾声，还在那里熟睡。

把帐子放了一放下，鞋袜穿了一穿好，她就匆匆忙忙地走下了楼，去洗脸去。因为这时候还在打起床钟之先，在挑脸水的斋夫倒奇怪起来了，问了一声“你怎么这样的早？”便急忙去挑热水去了。郑秀岳先倒了一杯冷水，拿了牙刷想刷牙齿，但低头一看，在右手的中指上忽看见了一个背上有一块方形的印戒。拿起手来一看，又是一阵触鼻的烂葱气味，而印戒上的篆文，却是“百年好合”的四个小字。她先用冷水洗了一洗手，把戒指也除下来用冷水淋了一淋，就擦干了藏入了内衣的袋里。

这一天的功课，她简直一句也没有听到，在课堂上，在自修室，她的心里头只有几个思想，在那里混战。

——冯世芬何不早点回来?

——这戒指真可爱，但被冯世芬知道了不晓得又将如何的被她教诫!

——李文卿人虽则很粗，但实在真肯花钱!

——今晚上她倘若是再来，将怎么办呢?

这许多思想杂乱不断地扰乱了她一天，到了傍晚，将吃晚饭的时候，她却终于上舍监那里去告了一天假，雇了一乘车子回家去了。

在家里住了两天，到了礼拜天的午后，她于上学校之先，先到了太平坊巷里去问冯世芬究竟回来了没有？她娘回报她说：

“已经回来了。可是今天和她舅舅一道上西湖去玩去了，等她回来的时候，就叫她上谢家巷去可好？”

郑秀岳听到了这消息，心里就宽慰了一半。但一想到从前冯世芬去游西湖，总少不了她，她去游西湖，也决少不得冯世芬的，现在她可竟丢下了自己和她舅舅一道去玩了。在回来的路上，她愈想愈恨，愈觉得冯世芬的可恶。“我索性还是同李文卿去要好罢，冯世芬真可恶，真可恶！我总有一天要报她的仇！”一路上自怨自恼，恨到了几乎要出眼泪。等她将走到自家的门口的时候，她心里已经有绝大的决心决下了，“我马上就回校去，冯世芬这种人我还去等她做什么，我宁愿被人家笑骂，我宁愿去和李文卿要好的。”

可是等她一走进门，她的娘就从客厅上迎了出来叫着说：

“秀！冯世芬在你房里等得好久了，你一出去她就来的。”

一口气跑到了东厢房里，看见了冯世芬的那一张清丽的笑脸，她一扑就扑到了冯世芬的怀里。两手紧紧抱住了冯世芬的身体，她什么也不顾地便很悲切很伤心地哭了出来。起初是幽幽地，后来竟断断续续地放大了声音。

冯世芬两手抚着她的头，也一句话都不说，由她在那里哭泣，等她哭了有十分钟的样子，胸中的郁愤大约总有点哭出了的时候，冯世芬才抱了她起来，扶她到床上去坐好，更拿出手帕来把她脸上的眼泪揩了揩干净。这时候郑秀岳倒在泪眼之下微笑起来了，冯世芬才慢慢地问她说：

“怎么了？有谁欺侮你了么？”听到了这一句话，她的刚才止住的眼泪，又接连不断地落了下来，把头一冲，重复又倒到了冯世芬的怀里。冯世芬又等了一忽，等她的泣声低了一点的时候，便又轻轻地慰抚她说：

“不要再哭了，有什么事情请说出来。有谁欺侮了你不成？”

听了这几句柔和的慰抚话后，她才把头举了起来，将一双泪盈盈的眼睛注视着冯世芬的脸部，摇了几摇头，表示她并没有什么，并没有谁欺侮她的意思。但一边在她的心里，却起了绝大的后悔，后悔着刚才的那一种想头的卑劣。“冯世芬究竟是冯世芬，李文卿哪里能比得上她万分之一呢？不该不该，真不应该，我马上就回到校里把她的那个表那个戒指送还她去，我何以会下流到了这步田地？”

一个钟头之后，她两人就又同平时一样地双双回到了校里。一场小别，倒反增进了她们两人的情爱。这一天晚上，冯世芬仍照常在她的里床睡下，但刚睡好的时候，冯世芬却把鼻子吸了几吸，问郑秀岳说：

“怎么啦，我们的床上怎么会有这一种狐腋的臭味？”

郑秀岳听她不懂，便问她什么叫作狐腋，等冯世芬把这种病的症状气息说明之后，她倒笑了起来，突然间把自己的头捱了过去，在冯世芬的脸上深深地深深地吻了半天。她和冯世芬两人交好了将近一年，同床隔被地睡了这些个日子，这举动总算是第一次的最淫污的行为，而她们两人心里却谁也不感到一点什么别的激刺，只觉得这不过是一种不能以言语形容的最亲爱的表示而已。

十一

又到了快考暑假考的时候了。学校里的情形虽则没有什么大的变动，但冯世芬的近来的样子，却有点变异起来了。

自从上海回来之后，她对郑秀岳的亲爱之情，虽仍旧没有变过，上课读书的日程，虽仍旧在那里照行，但有时候她竟会痴痴呆呆地，目视着空中呆坐到半个钟头以上。有时候她居然也有故意避掉了郑秀岳，一个人到操场上去散步，或一个人到空寂无人的讲堂上去坐在那里的。自然对于大考功课的预备，近来也竟忽略了。有好几晚，她并且老早就到了寝室，在黑暗中摸上了床，一声不响地去睡在被里。更有一天晴暖的午后，她草草吃完午饭，就说有点头痛，去向舍监那里告了假，回家去了半天，但到晚上回来的时候，郑秀岳看见她的两眼肿得红红的，似乎是哭过了一阵的样子。

正当这一天冯世芬不在的午后三点钟的时候，门房走进了校内，四处在找李文卿，说她父亲在会客室里等着要会她。李文卿自从在演说大会得了胜利以后，本来就是全校闻名的一位英雄，而且身体又高又大，无论在操场或在自修室里总可以一寻就见的，而这一天午后竟累门房在校内各处寻了半天终于没有见到。门房寻李文卿虽则没有寻到，但因为他见人就问的关系上，这李文卿的爸爸来校的消息，却早已传遍了全校。有几个曾经和李文卿睡过要好的同学，又在夸示人地详细说述他——李文卿的爸爸——的历史和李文卿的家庭关系。说他——李文卿的爸爸——本来是在徐州乡下一个开宿店兼营农业的人。忽而一天寄居在他店里的一位木客暴卒了，他为这客人衣棺收殓之后，更为他起了一座很好的坟庄。后来他就一年一年地买起田来，居然富倾了敌国。他乡下的破落户，于田地产业被他买占了去以后，总觉得气他不过，便造他的谣言，说他的财产是从谋财害命得来的东西。他有一个姊姊，从小就被卖在杭州乡下的一家农家充使婢的，后来这家的主妇死了，他姊姊就升作了主妇，现在也已经有五十开外的年纪了。他老人家发了财后，便不时来杭州看他的姊姊。他看看杭州地方，宜于安居，又因本地方人对他的仇恨太深，所以于十年前就卖去了他在徐州所有的产业，迁徙到杭州他姊姊的乡下来住下。他的夫人，早就死了，以后就一直没有娶过，儿女只有李文卿一个，因此她虽则到了这么大的年纪，暑假年假回家去，总还是和她爸爸同睡在一铺。杭州的乡下人，对这一件事情，早也动了公愤了，可是因为他的姊姊为人实在不错，又兼以乡下人所抱的全是各人自扫门前雪的宗旨，所以大家都不过在背后骂骂他是猪狗畜生，而公开的却还没有下过共同的驱逐令。

这些历史，这些消息，也很快的传遍了全校，所以会客室的门口和玻璃窗前头，竟来一班去一班地哄聚拢了许许多多的好奇的学生。长长胖胖，身体很强壮，嘴边有两条鼠须的这位李文卿的父亲的面貌，同李文卿简直是一色也无两样。不过他脸上的一脸横肉，比李文卿更红黑一点，而两只老鼠眼似的肉里小眼，因为没有眼镜戴在那里的缘故，看起来更觉得荒淫一点而已。

李文卿的父亲在会客室里被人家看了半天，门房才带了李文卿出来会她的父亲。这时候老门房的脸上满漾着了一脸好笑的笑容，而李文卿的急得灰黑的脸上却罩满了一脸不可抑遏的怒气。有几个淘气的同学看见老门房从会客室里出来，就拉住了他，问他有什么好笑。门房就以一手掩住了嘴，又痴的笑了一声。等同学再挤近前去问他的时候，他才轻轻地说："我在厕所里才找到了李文卿。她这几天水果吃得多了，在下痢疾，我看了她那副眉头簇紧的样子，实在真真好笑不过。"

一边在会客室里面，大家却只听见李文卿放大了喉咙在骂她的父亲说：

“我叫你不要上学校里来，不要上学校里来，怎么今天忽而又来了哩？在旅馆里不好打电话来的么？你且看看外面的那些同学看，大约你是故意来倒倒我的霉的罢？我今天旅馆里是不去了，由你一个人去。”

大声地说完了这几句话，她一转身就跑出了会客室，又跑上了上厕所去的那一条路。

到了晚上，郑秀岳和冯世芬睡下之后，郑秀岳将白天的这一段事情详详细细的重述给冯世芬听了，冯世芬也一点儿笑容都没有，只摇了摇头，叹了口气说：

“唉！这些人家的无聊的事情，去管它做什么？”

十二

暑假到后，许多同学又各归各的分散了。郑秀岳回到了家里，似乎在路上中了一点暑气，竟吐泻了一夜，睡了三日，这中间冯世芬绝没有来过。到了第五天的下午，父母亲准她出门去了，她换了一身衣服，梳理了一下头，想等太阳斜一点的时候，就上太平坊巷去看看冯世芬，去问问她为什么这么长久不来的。可是，长长的午后，等等，等等，太阳总不容易下去，而她父亲坐了出去的那一乘包车也总不回来。听得五点钟敲后，她却不耐烦起来了，立起身来，就向大门外走。她刚走到了大门口边，却来了一个邮差，望见信封上的遒劲秀逸的字迹，她一看就晓得是冯世芬写来给她的信。“难道她也病了么？为什么人不来而来信？”她一边猜测着，一边就站立了下来在拆信。

最亲爱的秀岳：

这封信到你手里的时候，大约我总已不在杭州，不同你在呼吸一块地方的空气了。我也哪里忍心别你？因此我不敢来和你面别。秀岳，这短短的一年，这和你在一道的短短的一年，回想起来，实在是有点依依难舍！

秀岳，我的自五月以来的胸中的苦闷，你可知道？人虽则是有理智，但是也有感情的。我现在已经犯下了一宗决不为宗法社会所容的罪了，尤其是在封建思想最深，眼光最狭小的杭州。但是社会是前进的，恋爱是神圣的，我们有我们的主张，我们也要争我们的权利。

我与舅舅，明朝一早就要出发，去自己开拓我们的路去。

在旧社会不倒，中国固有的思想未解放之前，我们是决不再回杭州来了。

秀岳，在将和自幼生长着的血地永别之前的这几个钟头，你可猜得出我心里绞割的情形?

母亲是安闲地睡在房里，弟弟们是无邪地在那里打鼾。我今天晚上晚饭吃不下的时候，母亲还问我："可要粥吃？"

我在书房里整理书籍，到了十点多钟未睡，母亲还叫我"好睡了，书籍明朝不好整理的么？"啊啊，这一个明朝，她又哪里晓得明朝我将飘泊至于何处呢?

秀岳，我的去所，我的行止，请你切不要去打听。你若将来能不忘你旧日的好友，请你常来看看我的年老的娘，常来看看我的年幼的弟弟！

啊啊，恨只恨我“母老，家贫，弟幼”。

写到了此地，我眼睛模糊了，我搁下了笔，私私地偷进了我娘的房。她的脸上的表情，实在是崇高得很！她的饱受过忧患的洗礼的脸色，实在是比圣母的还要圣洁。啊啊，只有这一刻了，只有这一刻了，我的最爱最敬重的母亲！那两个小弟弟哩，似乎还在做踢球的好梦，他们在笑，他们在微微地笑。

秀岳，我别无所念，我就只丢不了，只丢不了这三个人，这三个世界上再好也没有的人！

我，我去之后，千万，千万，请你要常来看看她们，和她们出去玩玩。

秀岳，亲爱的秀岳，从此永别了，以后你千万要来的哩！

另外还有一包书，本来是舅舅带来给我念的，我包好了摆在这里，用以转赠给你，因为我们去的地方，这一种册籍是很多的。

秀岳，深望你读了之后，能够马上觉悟，深望你要堕落的时候，能够想想到我！

人生苦短，而工作苦多，永别了，秀岳，等杭州的苏维埃政府成立之后，再来和你相见。这也许是在五年之后，这也许要费十年的工。但是，但是，我的老母，她，她怕是今生不能亲身见到的了。

秀岳，秀岳，我们各自珍重，各自珍重罢！

冯世芬含泪之书　七月十九日午前三时

郑秀岳读了这一封信后，就在大门口她立在那儿的地方“啊”的一声哭了出来。她娘和佣人等赶出来的时候，她已经哭倒在地上，坐在那里背靠上了墙壁。等女佣人等把她抬到了床上，她的头发也已经散了。悲悲切切地哭了一阵，又拿信近她的泪眼边去看看，她的热泪，更加涌如骤雨。又痛哭了半天，她才决然地立了起来。把头发拴了一拴，带着不能成声的泪音，哄哄地对坐在她床前的娘说：

“恩娘，我要去，我，我要去看看，看看冯世芬的母亲！”

十三

郑秀岳勉强支持着她已经哭损了的身体，和红肿的眼睛，坐了车到太平坊巷冯世芬的室里的时候，太阳光已经只隐现在几处高墙头上了。

一走进大厅的旁门，大约是心理关系罢，她只感到了一阵阴戚戚的阴气。冯家的起坐室里，一点儿响动也没有，静寂得同在坟墓中间一样。她低声叫了一声：“陈妈！”那头发已有点灰白的冯家老佣人才轻轻地从起坐室后走了出来。她问她：

“太太呢？小少爷们呢？”

陈妈也蹙紧了愁眉，将嘴向冯母卧房的方向指了一指，然后又走近前来，附耳低声的说：

“大小姐到上海去的事情，你晓得了没有？太太今天睡了一天，饭也没有吃过，两位小少爷在那里陪她。你快进去，大小姐，你去劝劝我们太太。”

郑秀岳横过了起坐室，踏进了旁间后厢房的门，就颤声叫了一声："伯母！"

冯世芬的娘和衣朝里床睡在那里，两个小孩，一个已经手靠了床前的那张方桌假睡着了，只有一个大一点的，脸上呈露着满脸的被惊愕所压倒的表情，光着大眼，两脚挂落，默坐在他弟弟的旁边一张靠背椅上。

郑秀岳进了这一间已经有点阴黑起来的房，更看了这一种周围的情形，叫了一声伯母之后，早已不能说第二句话了。便只能静走上了两孩子之旁，以一只手抚上了那大孩子的头。她听见床里漏出了几声啜泣吸鼻涕的声音，又看见那老体抽动了几动，似在那里和悲哀搏斗，想竭力装出一种镇静的态度来的样子。等了一歇歇，冯世芬的娘旋转了身，斜坐了起来，郑秀岳在黝黑不明的晚天光线之中，只见她的那张老脸，于泪迹斑斓之外，还在勉强装作比哭更觉难堪的苦笑。

郑秀岳看她起来了，就急忙走了过去，也在床沿上一道坐下，可是急切间总想不出一句适当的话来安慰着这一位已经受苦受得不少了的寡母。

倒是冯夫人先开了口，头一句就问：

"芬的事情，你可晓得？"

在话声里可以听得出来，这一句话真费了她千钧的力气。

"是的，我就是为这事情而来的，她……她昨晚上写给了我一封信。"

反而是郑秀岳先作了一种混浊的断续的泪声。

"对这事情，我也不想多说，但是她既然要走，何不好好地走，何不预先同我说一说明白。应环的人品，我也晓得的，芬的性格，我也很知道，不过……不过……这……这事情偏出在杭州的……杭州的我们家里，教我……教我如何的去见人呢？”

冯母到了这里，似乎是忍不住了，才又啜吸了一下鼻涕。郑秀岳脸上的两条冷泪，也在慢慢地流下来，可是最不容易过的头道难关现在已经过去了，到此她倒觉得重新获得了一腔谈话的勇气。

“伯母，世芬的人，是决不会做错事情的，我想他们这一回的出去，也决不会发生什么危险。不过一时被剩落在杭州的我们，要感到一点寂寞，倒是真的。”

“这我倒也相信，芬从小就是一个心高气硬的孩子，就是应环，也并不是轻佻浮薄的人。不过，不过亲戚朋友知道了的时候，教我如何做人呢？”

“伯母，已成的事情，也是没法子的。说到旁人的冷眼，那也顾虑不得许多。昨天世芬的信上也在说，他们是决不再回到杭州来了，本来杭州这一个地方，实在也真太闭塞不过。”

“我倒也情愿他们不再来见我的面，因为我是从小就晓得他们的，无论如何，总可以原谅他们，可是杭州人的专喜欢中伤人的一般的嘴，却真是有点可怕。”

说到了这里，那支手假睡在桌上的孩子，醒转来了。用小手擦了一擦眼睛，他却向郑秀岳问说：

“我们的大姐姐呢？”

郑秀岳当紧张之余，得了这突如其来的一个挡驾的帮手，心上也宽松了不少。回过头来，对这小天使微笑了一眼，她就对他说：

“大姐姐到上海去读书去了，等不了几天，我也要去的，你想不想去？”

他张大了两只大眼，呆视着她，只对她把头点了几下。坐在他边上的哥哥，这时候也忽而向他母亲说话了：

“娘娘！那一包书呢？”

冯母到这时候，方才想起来似的接着说：

“不错，不错，芬还有一包书留在这里给你。珍儿，你上那边书房里去拿了过来。”

大一点的孩子一珍跑出去把书拿了来后，郑秀岳就把她刚才接到的那封信的内容详细说了一说。她劝冯母，总须想得开些，以后世芬不在，她当常常过来陪伴伯母。若有什么事情，用得着她做的，伯母尽可吩咐，她当尽她的能力，来代替世芬。两位小弟弟的将来的读书升学，她若在杭州，她的同学及先生也很多很多，托托人家，也并不是一件难事。说了一阵，天已经完全的黑下来了。冯母留她在那里吃晚饭，她说家里怕要着急，就告辞走了出来。

回到了家里，上东厢房的房里去把冯世芬留赠给她的那包书打开一看，里面却是些她从没有听见过的《共产主义ABC》《革命妇女》《洛查·卢森堡书简集》之类的封面印得很有刺激性的书籍。她正想翻开那本《革命妇女》来看的时候，佣人却进来请她吃晚饭了。

十四

这一个暑假里，因为好朋友冯世芬走了，郑秀岳在家里得多读了一点书。冯世芬送给她的那一包书，对她虽则口味不大合，她虽还不能全部了解，但中国人的为什么要这样的受苦，我们受苦者应该怎样去解放自己，以及天下的大势如何，社会的情形如何等，却朦胧地也有了一点认识。

此外则经过了一个暑期的蒸催，她的身体也完全发育到了极致。身材也长高了，言语举止，思想嗜好，已经全部变成了一个烂熟的少女的身心了。

到了暑假将毕，学校也将就开学的一两星期之前，冯世芬的出走的消息，似乎已经传了开去，她竟并不期待着的接到了好几封信。有的是同学中的好事者来探听消息的，有的是来吊慰她的失去好友的，更有的是借题发挥，不过欲因这事情而来发表她们的意见的。可是在这许多封信的中间，有两封出乎她的意想之外，批评眼光完全和她平时所想她们的不同的信，最惹起了她的注意。

一封是李文卿从乡下寄来的。她对于冯世芬的这一次的恋爱，竟赞叹得五体投地。虽则又是桃红柳绿的一大篇，但她的大意是说，恋爱就是性交，性交就是恋爱，所以恋爱应该不择对象，不分畛域的。世间所非难的什么血族通奸，什么长幼聚麀之类，都是不通之谈，既然要恋爱了，则不管对方的是猫是狗，是父是子，一道玩玩，又有什么不可以呢？末后便又是一套一日三秋，一秋三百年，和何日再可以来和卿同衾共被，合成串吕之类的四六骈文。

其他的一封是她们的教员张康先生从西湖上一个寺里寄来的信。他的信写得很哀伤，他说冯世芬走了，他犹如失去了一颗领路的明星。他说他虽则对冯世芬并没有什么异想，但半年来他一日一封写给她的信，却是他平生所写过的最得意的文章。他又说这一种血族通奸，实在是最不道德的事情。末了他说他的这一颗寂寞的心，今后是无处寄托了，他很希望她有空的时候，能够上里湖他寄寓在那里的那个寺里去玩。

郑秀岳向来是接到了信概不答复的，但现在一则因假中无事，写写信也是一种消遣；二则因这两个人，虽则批评的观点不同，但对冯世芬都抱有好意，却是一样。还有一层意识下的莫名其妙的渴念，失去了冯世芬后的一种异常的孤凄，当然也是一个主要的动机，所以对于这两封信，她竟破例地各作了一个长长的答复。回信去后，李文卿则过了两日，马上又来信了，信里头又附了许多白话不像白话，文言不像文言的情诗。张康先生则多过了一日，也来了信。此后总很规则地李文卿二日一封，张康先生三日一封，都有信来。

到了学校开学的前一日，李文卿突然差旅馆里的佣人，送了一匹白纺绸来给郑秀岳，中午并且还要邀她上西湖边上钱塘秀色酒家去吃午饭。郑秀岳因为这一个暑假期中，冯世芬不在杭州，好久不出去玩了，得了这一个机会，自然也很想出去走走。所以将近中午的时候，就告知了父母，坐了家里的车，一直到了湖滨钱塘秀色酒家的楼上。

到了那里，李文卿还没有来，坐等了二十分钟的样子，她在楼上的栏边才看见了两乘车子跑到了门口息下。坐在前头车里的是怒容满面的李文卿，后面的一乘，当然是她的爸爸。

李文卿上楼来看见了她，一开口就大声骂她的父亲说：

“我叫他不要来不要来，他偏要跟了同来，我气起来想索性不出来吃饭了，但因为怕你在这里等一个空，所以才勉强出来的。”

吃过中饭之后，她们本来是想去落湖的，但因为李文卿的爸爸也要同去，所以李文卿又气了起来，直接就走回了旅馆。郑秀岳的归路，是要走过他们的旅馆的，故而三人到了旅馆门口，郑秀岳就跟他们进去坐了一坐。他们所开的是一间头等单房间，虽则地方不大，只有一张铜床，但开窗一望，西湖的山色就在面前，风景是真好不过，郑秀岳坐坐谈谈，在那里竟过了个把钟头。李文卿的父亲，当这中间，早就鼾声大作，张着嘴，流着口沫，在床上睡着了。

开学之后，因为天气还热，同学来的不多，所以开课又展延了一个星期。李文卿于开学的当日就搬进了宿舍，郑秀岳则迟了两日才搬进去。在未开课之先，学校里的管束，本来是不十分严的，所以李文卿则说父亲又来了，须请假外宿，而郑秀岳则说还要回家去住几日，两个就于午饭毕后，带了一只手提皮箧，一道走了出来。

她们先上西湖去玩了半日，又上钱塘秀色酒家去吃了晚饭，两人就一同去到了那郑秀岳也曾去过的旅馆里开了一个房间。这旅馆的账房茶房，对李文卿是很熟的样子。她一进门，就李太太李太太的招呼得特别起劲。

这一天的天气，也真闷热，晚上像要下阵头雨的样子，所以李文卿一进了房，就把她的那件白香云纱大衫脱下了。大约是因为她身体太肥胖的缘故，生来似乎是格外的怕热，她在大衫底下，非但不穿一件汗衫，连小背心都没有得穿在那里的。所以大衫一脱，她的上半身就成了一个黑油光光的裸体了。她在电灯底下，走来走去，两只奶头紫黑色的下垂皮奶，向左向右的摇动得很厉害。倒是郑秀岳看得有点难为情起来了，就含着微笑对她说：

“你为什么这样怕热？小衫不好拿一件出来穿穿的？”

“穿它做什么？横竖是要睡了。”

“你这样赤了膊走来走去的走，倒不怕茶房看见？”

“这里的茶房是被我们做下规矩的，不喊他们他们不敢进来。”

“那么玻璃窗上的影子呢？”

“影子么，把电灯灭黑了就对。”

拍的一响，她就伸手把电灯灭黑了。但这一晚似乎是有十一二的上弦月色的晚上，电灯灭黑，窗外头还看得出朦胧的西湖夜景来。

郑秀岳尽坐在窗边，在看窗外的夜景，而李文卿却早把一条短短的纱裤也脱了下来，上床去躺上了。

“还不来睡么？坐在那里干什么？”

李文卿很不耐烦地催了她好几次，郑秀岳才把身上的一条黑裙子脱下，和衣睡上了床去。李文卿也要她脱得精光，和她自己一样，但郑秀岳怎样也不肯依她。两人争执了半天，郑秀岳终于让步到了上身赤膊、裤带解去的程度，但下面的一条裤子，她怎么也不肯脱去。

这一天晚上，蒸闷得实在异常，李文卿于争执了一场之后，似乎有些疲倦了，早就呼呼地张着嘴熟睡了过去，而郑秀岳则翻来覆去，有好半日合不上眼。

到了后半夜在睡梦里，她忽而在腿中间感着了一种异样的刺痛，朦胧地正想用手去摸，而两只手却已被李文卿捏住了。

当睡下的时候，李文卿本睡在里床，她却向外床打侧睡在那里的。不知什么时候，李文卿早已经爬到了她的外面，和她对面的形成了一个合掌的形状了。

她因为下部的刺痛实在有些熬忍不住了，双手既被捏住，没有办法，就只好将身体往后一缩，而李文卿的厚重的上半只方肩，却乘了这势头向她的肩头拼命的推了一下，结果她底下的痛楚更加了一层，而自己的身体倒成了一个仰卧的姿势，全身合在她上面的李文卿却轻轻地断续地乖肉小宝的叫了起来。

十五

学校开课以后，日常的生活，就又恢复了常态。生性温柔，满身都是热情，没有一刻少得来一个依附之人的郑秀岳，于冯世芬去后，总算得着了一个李文卿补足了她的缺陷。从前同学们中间广在流传的那些关于李文卿的风说，一件一件她都晓得了无微不至，尤其是那一包长长的莫名其妙的东西，现在是差不多每晚都寄藏在她的枕下了。

她的对李文卿的热爱，比对冯世芬的更来得激烈，因为冯世芬不过给了她些学问上的帮助和精神上的启发，而李文卿却于金钱物质上的赠与之外，又领她入了一个肉体的现实的乐园。

但是见异思迁的李文卿，和她要好了两个多月，似乎另外又有了新的友人。到了秋高气爽的十月底边，她竟不再上郑秀岳这儿来过夜了；那一包据她说是当她入学的那一年由她父亲到上海去花了好几十块钱买来的东西，当然也被她收了回去。

郑秀岳于悲啼哀泣之余，心里头就只在打算将如何的去争夺她回来，或万一再争夺不到的时候，将如何的给她一个报复。

最初当然是一封写得很悲愤的绝交书，这一封信去后，李文卿果然又来和她睡了一个礼拜。但一礼拜之后，李文卿又不来了。她就费了种种苦心，去侦察出了李文卿的新的友人。

李文卿的新友人叫史丽娟，年纪比李文卿还要大两三岁，是今年新进来的一年级生。史丽娟的幼小的历史，大家都不大明白，所晓得者，只是她从济良所里被一位上海的小军阀领出来以后的情形。这小军阀于领她出济良所后，就在上海为她租了一间亭子间住着，但是后来因为被他的另外的几位夫人知道了，吵闹不过，所以只说和她断绝了关系，就秘密送她进了一个上海的女校。在这女校里住满了三年，那军阀暗地里也时常和她往来，可是在最后将毕业的那一年，这秘密突然因那位女校长上军阀公馆里去捐款之故，而破露出来了。于是费了许多周折，她才来杭州改进了这个女校。

她面部虽则扁平，但脸形却是长方。皮色虽也很白，但是一种病的灰白色。身林高矮适中，瘦到恰好的程度。口嘴之大，在无论哪一个女校里，都找不出一个可以和她比拟的人来。一双眼角有点斜挂落的眼睛，灵活得非常，当她水汪汪地用眼梢斜视你一瞥的时候，无论什么人也要被她迷倒，而她哩，也最爱使用这一种是她的特长的眼色。

郑秀岳于侦察出了这史丽娟便是李文卿的新的朋友之后，就天天只在设法如何的给她一个报复。

有一天寒风凄冷，似将下秋雨的傍晚，晚饭过后在操场上散步的人极少极少。而在这极少数的人中间，郑秀岳却突然遇着了李文卿和史丽娟两个在那里携手同行。自从李文卿和她生疏以来，将近一个月了，但她的看见李文卿和史丽娟同在一道，这却还是第一次。

当她远远地看见了她两个人的时候，她们还没有觉察得她也在操场，尽在俯着了头，且谈且往前走。所以她眼睛里放出了火花，在一株树叶已将黄落的大树背后躲过，跟在她们后面走了一段，她们还是在高谈阔论。等她们走到了操场的转弯角上，又回身转回来时，郑秀岳却将身体一扑，劈面的冲了过去，先拉住史丽娟的胸襟，向她脸上用指爪挖了几把，然后就回转身来，又拖住了正在预备逃走的李文卿大闹了一场。她在和李文卿大闹的中间，一面已见惯了这些醋波场面的史丽娟，却早忍了一点痛，急忙逃回到自修室里去了。

且哭且骂且哀求，她和李文卿两个，在空洞黑暗，寒风凛冽的操场上纠缠到了就寝的时候，方才回去。这一晚总算是她的胜利，李文卿又到她那里去住宿了一夜。

但是她的报复政策终于是失败了，自从这一晚以后，李文卿和史丽娟的关系，反而加速度地又增进了数步。

她的计策尽了，精力也不继了，自怨自艾，到了失望消沉到极点的时候，才忽然又想起了冯世芬对她所讲的话来：

“肉体的美是不可靠的，要人格的美才能永久，才是伟大！”

她于无可奈何之中，就重新决定了改变方向，想以后将她的全部精神贯注到解放人类、改造社会的事业上去。

可是这些空洞的理想，终于不是实际有血有肉的东西。第一她的肉体就不许，她从此就走上了这条狭而且长的栈道；第二她的感情，她的后悔，她的怨愤，也终不肯从此就放过了那个本来就为全校所轻视，而她自己卒因为意志薄弱之故，终于闯入了她的陷阱的李文卿。

因这种种的关系，因这复杂的心情，她于那最后的报复计划失败之后，就又试行了一个最下最下的报复下策。她有一晚竟和那一个在校中被大家所认为的李文卿的情人李得中先生上旅馆去宿了一宵。

李得中先生究竟太老了，而他家里的师母，又是一个全校闻名的夜叉精。所以无论如何，这李得中先生终究是不能填满她的那一种热情奔放，一刻也少不得一个寄托之人的欲望的。

到了年假考也将近前来，而李文卿也马上就快毕业离开学校的时候，她于百计俱穷之后，不得已就只能投归了那个本来是冯世芬的崇拜者的张康先生，总算在他的身上暂时寻出了一个依托的地方。

十六

郑秀岳升入三年级的一年，李文卿已经毕业离校了。冯世芬既失了踪，李文卿又离了校，在这一年中她转转地只想寻一个可以寄托身心，可以把她的全部热情投入去燃烧的熔炉而终不可得。

经过了过去半年来的情波爱浪的打击，她的心虽已成了一个百孔千疮、鲜红滴沥的蜂窝，但是经验却教了她如何的观察人心，如何的支配异性。她的热情不敢外露了，她的意志，也有几分确立了。所以对于张康先生，在学校放假期中，她虽则也时和他去住住旅馆，游游山水，但在感情上，在行动上，她却得到了绝对的支配权。在无论哪一点，她总处处在表示着，这爱是她所施与的，你对方的爱她并不在要来，就是完全没有也可以，所以你该认明她仍旧是她自身的主人。

正当她的这一次的恋爱争斗之中，确实把握着了这胜利的驾驭权的时候，暑假过后，不知从何处传来了一个消息，说李文卿于学校毕业之后，在西湖上和本来是她的那西斋的老斋夫的一个小儿子同住在那里。这老斋夫的儿子，从前是在金沙港的蚕桑学校里当小使的，年纪还不满十八岁，相貌长得嫩白像一个女人，郑秀岳也曾于礼拜日他来访他老父的时候看见过几次。她听到了这一个消息，心里却又起了一种异样的感触，因为将她自己目下的恋爱来比比李文卿的这恋爱，则显见得她要比李文卿差得多，所以在异性的恋爱上，她又觉得大大的失败了。

自从她得到了这李文卿的恋爱消息以后，她对张康先生的态度，又变了一变。本来她就只打算在他的身上寻出一个暂时的避难之所的，现在却觉得连这仍旧是不安全不满足的避难之所也是不必要了。

她和张先生的这若即若离的关系，正将隔断，而她的学校生活也将完毕的这一年冬天，中国政治上起了一个绝大的变化，真是古来所未有过的变化。

旧式军阀之互相火并，这时候已经到了最后的一个阶段了。奉天胡子匪军占领南京不久，就被孙传芳的贩卖鸦片、虏掠奸淫、杀人放火、无恶不作的闽海匪军驱逐走了。

孙传芳占据东南五省不上几月，广州革命政府的北伐军队，受了第三国际的领导和工农大众的扶持，着着进逼，已攻下了武汉，攻下了福建，迫近江浙的境界来了。革命军到处，百姓箪食壶浆，欢迎唯恐不及。于是旧军阀的残部，在放弃地盘之先，就不得不露他们的最后毒牙，来向无辜的农工百姓，试一次致命的噬咬，来一次绝命的杀人放火、虏掠奸淫。可怜杭州的许多女校，这时候同时都受了这些孙传芳部下匪军的包围，数千女生也同时都成了被征服地的人身供物。其中未成年的不幸的少女，因被轮奸而毙命者，不知多少。幸而郑秀岳所遇到的，是一个匪军的下级军官，所以过了一夜，第二天就得从后门逃出，逃回了家。

这前后，杭州城里的资产阶级，早已逃避得十室九空。郑秀岳于逃回家后，马上就和她的父母在成千成万的难民之中，夺路赶到了杭州城站。但她们所乘的这次火车已经是自杭开沪的最后一班火车，自此以后，沪杭路上的客车，就一时中断了。

郑秀岳父女三人，仓皇逃到了上海，先在旅馆里住了几天，后来就在沪西租定了一家姓戴的上流人家的楼下统厢房，作了久住之计。

这人家的住宅，是一间两楼两底的弄堂房子，房东是银行里的一位行员，房客于郑秀岳她们一家之外，前楼上还有一位独身的在一家书馆里当编辑的人住在那里。

听那家房东用在那里的一位绍兴的半老女佣人之所说，则这位吴先生，真是上海滩上少有的一位规矩人，年纪已经有二十五岁了，但绝没有一位女朋友和他往来，晚上，也没有一天在外面过过夜。在这前楼住了两年了，而过年过节，房东太太邀他下楼来吃饭的时候，还是怕羞怕耻的，同一位乡下姑娘一样。

还有他的房租，也从没有迟纳过一天，对底下人如她自己和房东的黄包车夫之类的赏与，总按时按节，给得很丰厚的。

郑秀岳听了这多言的半老妇的这许多关于前楼的住客的赞词，心里早已经起了一种好奇的心思了，只想看看这一位正人君子，究竟是怎么样的一个人才。可是早晨她起来的时候，他总已经出去到书馆里去办事了，晚上他回来的时候，总一进门就走上楼去的，所以自从那一天礼拜天的下午，她们搬进去后，虽和他同一个屋顶之下住了六七天，她可终于没有见他一面的机会。

直到了第二个礼拜天的下午，——那一天的天气，晴暖得同小春天一样，——吃过饭后，郑秀岳听见前楼上的一排朝南的玻璃窗开了，有一位男子的操宁波口音的声音，在和那半老女佣人的金妈说话，叫她把竹竿搁在那里，衣服由他自己来晒。停了一会，她从她的住室的厢房窗里，才在前楼窗外看见了一张清秀温和的脸来。皮肤很白，鼻子也高得很，眼睛比寻常的人似乎要大一点，脸形是长方的。郑秀岳看见了他伏出了半身在窗外天井里晒骆驼绒袍子、哔叽夹衫之类的面形之后，心里倒忽然惊了一头，觉得这相貌是很熟很熟。又仔细寻思了一下，她就微微地笑起来了，原来他的面形五官，是和冯世芬的有许多共同之点的。

十七

一九二七——中华民国十六——年的年头和一九二六年的

年尾，沪杭一带充满了风声鹤唳的白色恐怖的空气。在党的铁律指导下的国民革命军，各地都受了工农老百姓的暗助，已经越过了仙霞岭，一步一步的逼近杭州来了。

阳历元旦以后，国民革命军第二十九路军，真如破竹般地直到了杭州，浙江已经成了一个遍地红旗的区域了。这时候淞沪的一隅，还在旧军阀孙传芳的残部的手中，但是一夕数惊，旧军阀早已经感到了他们的末日的将至了。

处身于这一种政治大变革的危急之中，托庇在外国帝国主义旗帜下的一般上海的大小资产阶级和洋商买办之类，还悠悠地在送灶谢年，预备过他们的旧历的除夕和旧历的元旦。

醉生梦死，服务于上海的一家大金融资本家的银行里的郑秀岳他们的房东，到了旧历的除夕夜半，也在客厅上摆下了一桌盛大的筵席，在招请他的房客全体去吃年夜饭，这一天系一九二七年二月一日，天气阴晴，是晚来欲雪的样子。

郑秀岳她们的一家，在炉火熔熔，电光灼灼的席面上坐定的时候，楼上的那一位吴先生，还不肯下来。等面团身胖、嗓音洪亮的那一位房东向楼上大喊了几声之后，他才慢慢地走落了楼。房东替他和郑去非及郑秀岳介绍的时候，他只低下了头，涨红了脸，说了几句什么也听不出来的低声的话。这房东本来是和他同乡，身体魁伟，面色红艳，说一句话，总容易惹人家哄笑。他在介绍的时候说：

“这一位吴先生，是我们的同乡，在我们这里住了两年了。叫吴一粟，系在某某书馆编妇女杂志的。郑小姐，你倒很可以和他做做朋友，因为他的脾气像是一位小姐。你看他的脸涨得多么红？我内人有几次去调戏他的时候，他简直会哭出来。”

房东太太却佯嗔假怒地骂起她的男人来了。

“你不要胡说，今朝是大年夜头，噢！你看吴先生已经把你弄得难为情极了。”一场笑语，说得大家都呵呵大笑了起来。

郑秀岳在吃饭的时候，冷静地看了他好几眼，而他却只低下了头，一句话也不说，尽在吃饭。酒，他是不喝的。郑去非和房主人的戴次山还正在浅斟低酌的中间，他却早已把碗筷搁下，吃完了饭，默坐在那里了。

这一天晚上，郑去非于喝了几杯酒后，居然兴致大发，自家说了一阵过去的经历以后，便和房东戴次山谈论起时局来。末后注意到了吴一粟的沉默无言，低头危坐在那里，他就又把话牵了回来，详细地问及了吴一粟的身世。

但他问三句，吴一粟顶多只答一句，倒还是房主人的戴次山代他回答得多些。

他和戴次山虽是宁波的大同乡，然而本来也是不认识的。戴次山于两年前同这回一样，于登报招寻同住者的时候，因为他的资格身份很合，所以才应许他搬进来同住。他的父母早故了，财产是没有的，到宁波的四中毕业为止，一切学费之类，都由他的一位叔父也系在某书馆里当编辑的吴卓人负责的。现在吴卓人上山东去做女师校长去了，所以他只剩了一个人在上海。那妇女杂志，本来是由吴卓人主编的。但他于中学毕业之后，因为无力再进大学，便由吴卓人的尽力，进了这某书馆而充作校对，过了二年，升了一级，就算升作了小编辑而去帮助他的叔父，从事于编辑妇女杂志。两年前他叔父去做校长去了，所以这妇女杂志现在名义上虽则仍说是吴卓人主编，但实际上则只有他在那里主持。

这便是郑去非向他盘问，而大半系由戴次山替他代答的吴一粟的身世。

郑秀岳听到了吴卓人这名字，心里倒动了一动。因为这名字，是她和冯世芬要好的时候，常在杂志上看熟的名字。妇女杂志，在她们学校里订阅的人也是很多。听到了这些，她心里倒后悔起来了，因为自从冯世芬走后，这一年多中间，她只在为情事而颠倒，书也少读了，杂志也不看了，所以对于中国文化界和妇女界的事情，她简直什么也不知道了。当她父亲在和吴一粟说话的中间，她静静儿的注视着他那腼腆不敢抬头的脸，心里倒也下了一个向上的决心。

“我以后就多读一点书罢！多识一点时务罢！有这样的同居者近在咫尺，这一个机会倒不可错过，或者也许比进大学还强得多哩。”

当她正是混混然心里在那么想着的时候，她父亲和戴次山的谈话，却忽而转向了她的身上。

“小女过了年也十七岁了，虽说已在女学校毕了业，但真还是一个什么也不知的小孩子。以后的升学问题之类，正要戴先生和吴先生指教才对哩。”

听到了这一句话，吴一粟才举了举头，很快很快地向她看了一眼。今晚上郑秀岳已经注意了他这么的半晚了，但他的看她，这却还是第一次。

这一顿年夜饭，直到了午前一点多钟方才散席。散席后吴一粟马上上楼去了，而郑秀岳的父母，和戴次山的夫妇却又于饭后打了四圈牌。在打牌闲话的中间，郑秀岳本来是坐在她母亲的边上看打牌的，但因为房东主人，于不经意中说起了替她做媒的话，她倒也觉得有些害起羞来了，便走回了厢房前面的她的那间卧房。

十八

二月十九，国民革命军已沿了沪杭铁路向东推进，到了临平。以后长驱直入，马上就有将淞沪一带的残余军阀肃清的可能。上海的劳苦群众，于是团结起来了，虽则在军阀孙传芳的大刀队下死了不少的斗士和男女学生，然而杀不尽的中国无产阶级，终于在千重万重的压迫之下，结束了起来。口号是要求英美帝国主义驻兵退出上海，打倒军阀，收回租界，打倒一切帝国主义，凡这种种目的条件若不做到，则总罢工也一日不停止。工人们下了坚定的决心，想以自己的血来洗清中国数十年来的积污。

军阀们恐慌起来了，帝国主义者们也恐慌起来了，于是杀人也越杀越多，华租各界的戒严也越戒得紧。手忙脚乱，屁滚尿流，军阀和帝国主义的丑态，这时候真尽量地暴露了出来。洋场十里，霎时间变作了一个被恐怖所压倒的死灭的都会。

上海的劳苦群众既忍受了这重大的牺牲，罢了工在静候着民众自己的革命军队的到来，但军队中的已在渐露狐尾的新军阀们，却偏是迟迟不行，等等还是不到，等等还是不来。悲壮的第一次总罢工，于是终被工贼所破坏，死在军阀及帝国主义者的刀下的许多无名义士，就只能饮恨于黄泉，在地下悲声痛哭，变作了不平的厉鬼。

但是革命的洪潮，是无论如何总不肯倒流的，又过了一个月的光景，三月二十一日，革命的士兵的一小部分终于打到了龙华，上海的工农群众，七十万人，就又来了一次惊天动地的大罢工总暴动。

闸北、南市、吴淞一带的工农，或拿起镰刀斧头，或用了手枪刺刀，于二十日晚间，各拼着命，分头向孙传芳的残余军队冲去。

放火的放火，肉搏的肉搏，苦战到了二十二日的晚间，革命的民众，终于胜利了，闽海匪军真正地被杀得片甲不留。

这一天的傍晚，沪西大华纱厂里的一队女工，五十余人，手上各缠着红布，也乘夜阴冲到了曹家渡附近的警察分驻所中。

其中的一个，长方的脸，大黑的眼，生得清秀灵活，不像是幼年女工出身的样子。但到了警察所前，向门口的岗警一把抱住，首先缴这军阀部下的警察的械的，却是这看起来真像是弱不胜衣的她。拿了枪杆，大家一齐闯入了警察的住室，向玻璃窗，桌椅门壁，乱刺乱打了一阵，她却终于被刺刀刺伤了右肩，倒地躺下了。

这样的混战了二三十分钟，女工中间死了一个，伤了十二个，几个警察，终因寡不敌众，分头逃了开去。等男工的纠察队到来，将死伤的女同志等各抬回到了各人的寓所，安置停妥之后，那右肩被刺刀刺伤，因流血过多而昏晕了过去的女工，才在她住的一间亭子间的床上睁开了她的两只大眼。

坐在她的脚后，在灰暗的电灯底下守视着她的一位幼年男工，看见她的头动了一动，马上就站了起来，走到了她的头边。

“啊，世芬阿姐，你醒了么？好好，我马上就倒点开水给你喝。”

她头摇了一摇，表示她并不要水喝。然后喉头又格格地响了一阵，脸上微现出了一点苦痛的表情。努力把嘴张了一张，她终于微微地开始说话了：

“阿六！我们有没有得到胜利？”

“大胜，大胜，闸北的兵队，都被我们打倒，现在从曹家渡起，一直到吴淞近边，都在我们总工会的义勇军和纠察队的手里了。”

这时候在她的苦痛的脸上，却露出了一脸眉头皱紧的微笑。这样地苦笑着，把头点了几点，她才转眼看到了她的肩上。

一件青布棉袄，已经被血水浸湿了半件，被解开了右边，还垫在她的手下。右肩肩锁骨边，直连到腋下，全被一大块棉花，用纱布扎裹在那里，纱布上及在纱布外看得出的棉花上，黑的血迹也印透了不少，流血似乎还没有全部止住的样子。一条灰黑的棉被，盖在她的伤处及胸部以下，仍旧还穿着棉袄的左手，是搁在被上的。

她向自己的身上看了一遍之后，脸上又露出了一种诉苦的表情。幼年工阿六这时候又问了她一声说：

“你要不要水喝？”

她忍着痛点了点头，阿六就把那张白木桌子上的热水壶打开，倒了一杯开水递到了她的嘴边。

她将身体动了一动，似乎想坐起来的样子，但啊唷的叫了一声，马上就又躺下了。阿六即刻以一只左手按上了她的左肩，急急地说：

“你不要动，你不要动，就在我手里喝好了，你不要动。”

她一口一口的把开水喝了半杯，哼哼地吐了一口气，就摇着头说：

“不要喝了。”

阿六离开了她的床边，在重把茶杯放回白木桌子上去的中间，她移头看向了对面和她的床对着的那张板铺之上。

只在这张空铺上看出了一条红花布的褥子和许多散乱着的衣服的时候，她却急起来了。

“阿六！阿金呢？”

“嗯，嗯，阿金么？阿金么？她……她……”

“她怎么样了？”

“她，她在那里……”

“在什么地方？”

“在，工厂里。”

“在厂里干什么？”

“在厂里，睡在那里。”

“为什么不回来睡？”

“她，她也……”

“伤了么？”

“嗯，嗯……”

这时候阿六的脸上却突然地滚下了两颗大泪来。

“阿六，阿六，她，她死了么？”

阿六呜咽着，点了点头，同时以他的那只污黑肿裂的右手擦上了眼睛。

冯世芬咬紧了一口牙齿，张着眼对头上的石灰壁注视了一忽，随即把眼睛闭了拢去。她的两眼角上也向耳根流下了两条冷冰冰的眼泪水来，这时候窗外面的天色，已经有些白起来了。

十九

当冯世芬右肩受了伤，呻吟在亭子间里养病的中间，一样的在上海沪西，相去也没有几里路的间隔，但两人彼此都不曾知道的郑秀岳，却得到了一个和吴一粟接近的机会。

革命军攻入上海，闸北南市，各发生了战事以后，神经麻木的租界上的住民，也有点心里不安起来了，于是乎新闻纸就骤加了销路。

本来郑秀岳他们订的是一份新闻报，房东戴次山订的是《申报》，前楼吴一粟订的却是替党宣传的《民国日报》。郑去非闲居无事，每天就只好多看几种报来慰遣他的不安的心里。所以他于自己订的一份报外，更不得不向房东及吴一粟去借阅其他的两种。起初这每日借报还报的使命，是托房东用在那里的金妈去的，因为郑秀岳他们自己并没有佣人，饭是吃的包饭。房东主人虽则因为没有小孩，家事简单，但是金妈的一双手，却要做三姓人家的事情，所以忙碌的上半天，和要烧夜饭的傍晚，当然有来不转身的时节，结果，这每日借报还报的差使，就非由郑秀岳去办不可了。

郑秀岳初起，也不过于傍晚吴一粟回来的时候上楼去还还而已，决不进到他的住室里去的。但后来到了礼拜天，则早晨去借报的事情也有了，所以渐渐由门口而走到了他的房里。吴一粟本来是一个最细心、最顾忌人家的不便的人，知道了郑去非的这看报嗜好之后，平时他要上书馆去，总每日自己把报带下楼来，先交给金妈转交的。但礼拜日他并不上书馆去，若再同平时一样，把报特地送下楼来，则怕人家未免要笑他的过于殷勤。因为不是礼拜日，他要锁门出去，随身把报带下楼来，却是一件极便极平常的事情。可是每逢礼拜日，他是整天的在家的，若再同样的把报特地送下楼来，则无论如何总觉得有点可笑。

所以后来到了礼拜天，郑秀岳也常常到他的房里去向他借报去了。一个礼拜，两个礼拜的过去，她居然也于去还报的时候和他立着攀谈几句了，最后就进到了在他的写字台旁坐下来谈一会的程度。

吴一粟的那间朝南的前楼，光线异常的亮。房里头的陈设虽则十分简单，但晴冬的早晨，房里晒满太阳的时候，看起来却也觉得非常舒适。一张洋木黄漆的床，摆在进房门的右手的墙边，上面铺得整整齐齐，总老有一条洁白印花的被单盖在那里的。西面靠墙，是一排麻栗书橱，共有三个，玻璃门里，尽排列着些洋装金字的红绿的洋书。东面墙边，靠墙摆着一张长方的红木半桌，边上排着两张藤心的大椅。靠窗横摆的是一张大号的写字台，写字台的两面，各摆有藤皮的靠背椅子一张。东西墙上挂着两张西洋名画复制版的镜框，西面却是一堂短屏，写的是一首《春江花月夜》。

当郑秀岳和冯世芬要好的时候，她是尊重学问，尊重人格，尊重各种知识的。但是自从和李文卿认识以后，她又觉得李文卿的见解不错，世界上最好最珍贵的就是金钱。现在换了环境，逃难到了上海，无端和这一位吴一粟相遇之后，她的心想又有点变动了，觉得冯世芬所说的话终究是不错的。所以她于借报还报之余，又问他借了两卷过去一年间的妇女杂志去看。

在这妇女杂志的论说栏、感想栏、创作栏里，名家的著作原也很多，但她首先翻开来看的，却是那些吴一粟自己做的或译的东西。

吴一粟的文笔很流利，论说，研究，则做得谨慎周到，像他的为人。从许多他所译著的东西的内容看来，他却是一个女性崇拜的理想主义者。他讴歌恋爱，主张以理想的爱和精神的爱来减轻肉欲。他崇拜母性，但以人格感化和儿童教育为母性的重要天职。至于爱的道德，结婚问题，及女子职业问题等，则以抄译西洋作者的东西较多，大致还系爱伦凯、白倍儿、萧百纳等的传述者，介绍到了美国林西的伴侣结婚的时候，他却加上了一句按语说："此种主张，必须在女子教育发达到了极点的社会中，才能实行。若女子教育，只在一个半开化的阶段，而男子的道德堕落、社会的风纪不振的时候，则此种主张反容易为后者所恶用。"由此类推，他的对于红色的恋、对于苏俄的结婚的主张，也不难猜度了，故而在那两卷过去一年的妇女杂志之中，关于苏俄的女性及妇女生活的介绍，却只有短短的一两篇。

郑秀岳读了，最感到趣味的，是他的一篇歌颂情死的文章。他以情死为爱的极致，他说殉情的圣人比殉教的还要崇高伟大。于举了中外古今的许多例证之后，他结末就造了一句金言说："热情奔放的青年男女哟，我们于恋爱之先，不可不先有一颗敢于情死之心；我们于恋爱之后，尤不可不常存着一种无论何时都可以情死之念。"

郑秀岳被他的文章感动了，读到了一篇他吊希腊的海洛和来安玳的文字的时候，自然而然地竟涌出来了两行情泪。当她读这一篇文字的那天晚上，似乎是旧历十三四夜的样子。读完之后，她竟兴奋得睡不着觉。将书本收起，电灯灭黑以后，她仍复痴痴呆呆地回到了窗口她那张桌子的旁边静坐了下去。皎洁的月光从窗里射了进来。她探头向天上一看，又看见了一角明蓝无底的夜色天。前楼上他的那张书桌上的电灯，也还红红地点着在那里。她仿佛看见了一湾春水绿波的海来斯滂脱的大海，她自己仿佛是成了那个多情多恨的爱弗洛提脱的女司祭，而楼上在书桌上大约是还在写稿子的那个清丽的吴郎，仿佛就是和她隔着一重海峡的来安玳。

二十

新军阀的羊皮下的狼身，终于全部显露出来了。革命告了一个段落之后，革命军阀就不要民众，不要革命的工农兵了。

一九二七年四月十一日的夜半，革命军阀竟派了大军，在闸北南市等处，包围住了总工会的纠察队营部屠杀起来。赤手空拳的上海劳工大众，以用了那样重大的牺牲去向孙传芳残部手里夺来的破旧的枪械，抵抗了一昼夜，结果当然是枪械的全部被夺，和纠察队的全部灭亡。

那时候冯世芬的右肩的伤处，还没有完全收口。但一听到了这军部派人来包围纠察队总部的消息，她就连夜冒雨赤足，从沪西走到了闸北。但是纠察队总部的外围，革命军阀的军队，前后左右竟包围了三匝。她走走这条路也不通，走走那条路也不通，终于在暗夜雨里徘徊绕走了三四个钟头。天亮之后，却有一条虬江路北的路通了，但走了一段，又被兵士阻止了去路。

到了第二天早晨，南北市纠察队的军械全部被缴去了，纠察队员也全部被杀戮了。冯世芬赶到了闸北商务印书馆的东方图书馆外，仍旧还不能够进去。含着眼泪，鼓着勇气，谈判争论了半天，她才得了一个守门的兵士的许可，走进了尸身积叠的那间临时充作总工会纠察队本部的东方图书馆内。找来找去的又找了许多时候，在图书馆楼下大厅的角落里，她终于寻出了一个鲜血淋漓的陈应环的尸体。因为他是跟广州军出发北伐，在革命军到沪之先的三个月前，从武汉被派来上海参加组织总罢工大暴动的，而她自己却一向就留在上海，没有去到广州。

中国的革命运动，从此又转了方向了。南京新军阀政府成立以后，第一件重要工作，就是向各帝国主义的投降和对苏俄的绝交。冯世芬也因被政府的走狗压迫不过，从沪西的大华纱厂，转到了沪东的新开起来的一家厂家。

正当这个中国政治回复了昔日的旧观，军阀党棍贪官污吏土豪劣绅联结了帝国主义者和买办地主来压迫中国民众的大把戏新开幕的时候，郑秀岳和吴一粟的恋爱也成熟了。

一向是迟疑不决的郑秀岳，这一回却很勇敢地对吴一粟表白了她的倾倒之情。她的一刻也离不得爱，一刻也少不得一个依托之人的心，于半年多的久渴之后，又重新燃烧了起来，比从前更猛烈地，更强热地放起火花来了。

那一天是在阳历五月初头的一天很晴爽的礼拜天。吃过午饭，郑秀岳的父母本想和她上先施公司去购买物品的，但她却饰辞谢绝了。送她父母出门之后，她就又向窗边坐下，翻开那两卷已经看过了好几次的妇女杂志来看。偶尔一回两回，从书本上举起眼看看天井外的碧落，半弯同海也似的晴空，又像在招引她出去，上空旷的地方去翱翔。对书枯坐了半个多钟头，她又把眼睛举起，在遥望晴空的时候，于前楼上本来是开在那里的窗门口，她忽而看出了一个也是在依栏呆立，举头望远的吴一粟的半身儿。她坐在那儿的地方的两扇玻璃窗，是关上的，所以她在窗里，可以看得见楼上吴一粟的上半身，而从吴一粟的楼上哩，因为有反光的玻璃遮在那里的缘故，虽则低头下视，也看不见她的。

痴痴地同失了神似的昂着头向吴一粟看了几分钟后，她的心弦，忽而被挑动了。立起身来，换上了一件新制的夹袍，把头面向镜子里照了一回，她就拿起了那两卷装订得很厚的妇女杂志合本，轻轻地走出了厢房，走上楼梯。

这时候房东夫妇，似在楼上统厢房的房里睡午觉，金妈在厨房间里补缝衣服，而那房东的包车夫又上街去买东西去了，所以全屋子里清静得声响毫无。

她走到了前楼门口，看见吴一粟的房门，开了三五寸宽的一条门缝，斜斜地半掩在那里。轻轻开进了门，向前走了一步，“吴先生”的低低叫了一声，还在窗门口呆立着的吴一粟马上旋转了身来。吴一粟看见了她，脸色立时涨红了，她也立住了脚，面孔红了一红。

“吴先生，你站在窗门口作什么？”

她放着微笑，开口就发了这一句问。

“你不在用功么？我进来，该不会耽误你的工夫罢？”

“哪里！哪里！我刚才看书看得倦了，呆站在这儿看天。”

说出了这一句话后，他的脸又加红了一层。

“这两卷杂志，我都读过了，谢谢你。”

说着她就走近了书桌，把那两大卷书放向了桌上。吴一粟这时候已经有点自在起来了，向她看了一眼，就也微笑着移动了一移动藤椅，请她在桌子对面的那张椅子上坐下，他自己也马上在桌子这面坐了下去。

“这杂志你觉得怎么样？”

这样问着，他又举眼看入了她的眼睛。

“好极了，我尤其是喜欢读你的东西。那篇吊海洛和来安玳的文章，我反复地读了好几遍。”

听了她这一句话后，他的刚褪色的脸上又涨起了两面红晕。

“请不要取笑，那一篇还是在前两年做的，后来因为稿子不够，才登了进去，真是幼稚得很的东西。”

“但我却最喜欢读，还有你的另外的著作译稿，我也通通读了，对于你的那一种高远的理想，我真佩服得很。”

说到了这里，她脸上的笑容没有了，却换上了一脸很率真很纯粹的表情。

吴一粟对她呆了一呆，就接着勉强装了一脸掩藏羞耻的笑，开闭着眼睛，俯下了头，低声的回答说：

“理想，各人总有一个的。”

又举起了头，把眼睛开闭了几次，迟疑了一会，他才羞缩地笑着问说：

“蜜司郑，你的理想呢？”

“我的完全同你的一样，你的意见，我是全部都赞成的。”

又红了红脸，俯下了头，他便轻轻地说：

“我的是一种空想，不过是一种空的理想。”

“为什么说是空的呢，我觉得是实在的，是真的，吴先生，吴先生，你……”说到了这里，她的声调，带起热情的颤音来了，一双在注视着吴一粟的眼睛里，也放出了同琥珀似的光。

“吴先生，你……不要以为妇女中间，没有一个同你抱着一样的理想的人。我……我真觉得这理想是不错的，是对的，完全是对的。”

吴一粟俯首静默了一会，举起头来向郑秀岳脸上很快很快的掠视了一过，便掉头看向了窗外的晴空，只自言自语地说：

“今天的天气，实在是好得很。”

郑秀岳也掉头看向了窗外，停了一会，就很坚决地招诱他说：

“吴先生，你想不想上外面去走走？”

吴一粟迟疑着不敢答应。郑秀岳看破了他的意思了，就说她的父母都不在家里，她想先出去，到里外面的马路角上去立在那里等他。一边说着一边她就立起身来走下了楼去。

二十一

晴和的下午的几次礼拜天的出去散步，郑秀岳和吴一粟中间的爱情，差不多已经确立定了。吴一粟的那一种羞缩怕见人的态度，只有对郑秀岳一个人稍稍改变了些。虽则他和她在散步的时候，所谈的都是些关于学问，关于女子在社会上的地位等空洞的东西，虽则两人中间，谁也没有说过一句“我爱你”的话，但两人中间的感情了解，却是各在心里知道得十分明白。

郑秀岳的父母，房东夫妇，甚而至于那佣人金妈，对于她和他的情爱，也都已经公认了，觉得这一对男女，若配成夫妇的话，是最好也没有的喜事，所以遇到机会，只在替他们两人拉拢。

七月底边，郑秀岳的失学问题，到了不得不解决的时候了。郑去非在报上看见了一个吴淞的大学在招收男女学生，所以择了一天礼拜天，就托吴一粟陪了他的女儿上吴淞去看看那学校，问问投考入学的各种规程。他自己是老了，并且对于新的教育，也不懂什么，是以选择学校及投考入学各事，都要拜托吴一粟去为他代劳。

那一天是太阳晒得很烈的晴热的初伏天，吴一粟早晨陪她坐火车到吴淞的时候，已将中午了。坐黄包车到了那大学的门口，吴一粟还在对车夫付钱的中间，郑秀岳却在校门内的门房间外，冲见了一年多不见的李文卿。她的身体态度，还是那一种女豪杰的样子，不过脸上的颜色，似乎比从前更黑了一点，嘴里新镶了一副极黄极触目的金牙齿。她拖住了郑秀岳，就替站在她边上的一位也镶着满口金牙不过二十光景的瘦弱的青年介绍说：

“这一位是顾竹生，系在安定中学毕业的。我们已经同住了好几个月了，下半年想同他来进这一个大学。”

郑秀岳看了一眼这瘦弱的青年，心里正在想起那老斋夫的儿子，吴一粟却走了上来。大家介绍过后，四人就一道走进了大学的园内，去寻事务所去。顾竹生和吴一粟走上了前头，李文卿因在和郑秀岳谈着天，所以脚步就走得很慢。李文卿说，她和顾是昨天从杭州来的，住在上海四马路的一家旅馆里，打算于考后，再一道回去，郑秀岳看看前面的两个人走得远了，就向李文卿问起了那老斋夫的儿子。李文卿大笑了起来说：

“那个不中用的死鬼，还去提起他作什么？他在去年九月里，早就染了弱症死掉了。可恶的那老斋夫，他于那小儿子死后，向我敲了一笔很大的竹杠，说是我把他的儿子弄杀的。”

说完后又哈哈哈哈的大笑了一阵。

等李文卿和郑秀岳走到那学校的洋楼旁门口的时候，顾竹生和吴一粟却已从里面走了出来，手里各捏了一筒大学的章程。顾竹生见了李文卿，就放着他的那种同小猫叫似的声气说：

“今天事务员不在，学校里详细的情形问不出来，只要了几份章程。”

李文卿要郑秀岳他们也一道和他们回上海去，上他们的旅馆里去玩，但一向就怕见人的吴一粟却向郑秀岳丢了一个眼色，所以四人就在校门口分散了。李文卿和顾竹生坐上了黄包车，而郑秀岳他们却慢慢地在两旁小吃店很多的野路上向车站一步一步的走去。

因为怕再遇见刚才别去的李文卿他们，所以吴一粟和郑秀岳走得特别的慢。但走到了离车站不远的一个转弯角上，西面自上海开来的火车却已经到了站了。他们在树荫下站立了一会，看这火车又重复向西的开了出去，就重新放开了平常速度的脚步，走上海滨旅馆去吃饭去。

这时候黄黄的海水，在太阳光底下吐气发光，一只进口的轮船，远远地从烟突里放出了一大卷烟雾。对面远处，是崇明的一缕长堤，看起来仿佛是梦里的烟景。从小就住在杭州，并未接触过海天空阔的大景过的郑秀岳，坐在海风飘拂的这旅馆的回廊阴处，吃吃看看，更和吴一粟笑笑谈谈，就觉得她周围的什么都没有了，只有她和吴一粟两人，只有她和他，像亚当夏娃一样，现在坐在绿树深沉的伊甸园里过着无邪的原始的日子。

那一天的海滨旅馆，实在另外也没有旁的客，所以他们坐着谈着，竟捱到了两点多钟才喝完咖啡，立起身来，雇车到了炮台东面的长堤之上。

是在这炮台东面的绝无一个人的长堤上，郑秀岳被这四周的风景迷醉了，当吴一粟正在教她向石条上坐下去息息的时候，她的身体突然间倒入了他的怀里。

“吴先生，我们就结婚，好不好？我不想再读书了。”

走在她后面的吴一粟，伸手抱住了她那站立不定的身体，听到了这一句话，却呆起来了。因为他和她虽则老在一道，老在谈许多许多的话，心里头原在互相爱着，但是关于结婚的事情，他却从来也没有想到过。第一他是一个孤儿，觉得世界上断没有一个人肯来和他结婚的；第二他的现在的七十元一月的薪水，只够他一个人的衣食，要想养活另外一个人，是断断办不到的；况且郑秀岳又是一位世家的闺女，他怎么配得上她呢？因此他听到了郑秀岳的这一句话，却呆了起来，默默的抱着她和她的眼睛注视了一忽，在脑里头杂乱迅速地把他自己的身世，和同郑秀岳谈过的许多话的内容回想了一下，他终于流出来了两滴眼泪，这时候郑秀岳的眼睛也水汪汪地湿起来了。四只泪眼，又默默对视了一会，他才慢慢的开始说：

“密司郑，你当真是这样的在爱我么？”

这是他对她说到爱字的第一次，头靠在他手臂上的郑秀岳点了点头。

“密司郑，我是不值得你的爱的，我虽则抱有一种很空很大的理想，我虽则并没有对任何人讲过恋爱，但我晓得，我自己的心是污秽的。真正高尚的人，就不会，不会犯那种自辱的，自辱的手淫了……”

说到了这里，他的眼泪更是骤雨似的连续滴落了下来。听了他这话，郑秀岳也呜呜咽咽的哭起来了，因为她也想起了从前，想起了她自家的已经污秽得不堪的身体。

二十二

两人的眼泪，却把两人的污秽洗清了。郑秀岳虽则没有把她的过去，说给他听，但她自己相信，她那一颗后悔的心，已经是纯洁无辜，可以和他的相对而并列。他也觉得过去的事情，既经忏悔，以后就须看他自己的意志坚定不坚定，再来重做新人，再来恢复他儿时的纯洁，也并不是一回难事。

这一年的秋天，吴卓人因公到上海来的时候，吴一粟和郑秀岳就正式的由戴次山做媒，由两家家长作主，定下了婚约。郑秀岳的升学读书的问题，当然就搁下来了，因为吴卓人于回山东去之先，曾对郑去非说过，明年春天，极迟也出不了夏天，他就想来为他侄子办好这一件婚事。

订婚之后的两人间的爱情，更是浓密了。郑秀岳每晚差不多总要在吴一粟的房里坐到十点钟才肯下来。礼拜天则一日一晚，两人都在一处。吴一粟的包饭，现在和郑家包在一处了，每天的晚饭，大家总是在一道吃的。

本来是起来得很迟的郑秀岳，订婚之后，也养成了早起的习惯了，吴一粟上书馆去，她每天总要送他上电车，看到电车看不见的时候，才肯回来。每天下午，总算定了他将回来的时刻，老早就在电车站边上，立在那里等他了。

吴一粟虽则胆子仍是很小，但被郑秀岳几次一挑诱，居然也能够见面就拥抱，见面就亲嘴了。晚上两人对坐在那里的时候，吴一粟虽在做稿子译东西的中间，也少不得要五分钟一抱，十分钟一吻地搁下了笔从座位里站起来。

一边郑秀岳也真似乎仍复回到了她的处女时代去的样子，凡吴一粟的身体、声音、呼吸、气味等她总觉得是摸不厌听不厌闻不厌的快乐之泉。白天他不在那里的将近十个钟头的时间，她总觉得如同失去了一点什么似的坐立都是不安，有时候真觉得难耐的时候，她竟会一个人开进他的门去，去睡在他的被里，近来吴一粟房门上的那个弹簧锁的锁钥，已经交给了郑秀岳收藏在那里了。

可是相爱虽则相爱到了这一个程度，但吴一粟因为想贯彻他的理想，而郑秀岳因为尊重他的理想之故，两人之间，决不曾犯有一点猥亵的事情。

像这样的既定而未婚的蜜样的生活，过了半年多，到了第二年的五月，吴卓人果然到上海来为他的侄儿草草办成了婚事。

本来是应该喜欢的新婚当夜，上床之后，两人谈谈，谈谈，谈到后来，吴一粟又发着抖哭了出来。他一边在替纯洁的郑秀岳伤悼，以后将失去她处女的尊严，受他的蹂躏，一边他也在伤悼自家，将失去童贞，破坏理想，而变成一个寻常的无聊的有家室的男子。

结婚之后，两人间的情爱，当然又加进了一层，吴一粟上书馆去的时刻，一天天的挨迟了。又兼以节季刚进了渐欲困人的首夏，他在书馆办公的中间，一天之内呵欠不知要打多少。

晚上的他的工作时间，自然也缩短了，大抵总不上十点，就上了床。这样地自夏历秋，经过了冬天，到了婚后第二年的春暮，吴一粟竟得着了一种梦遗的病症。

仍复住在楼下厢房里的郑去非老夫妇，到了这一年的春天，因为女儿也已经嫁了，时势也太平了，住在百物昂贵的上海，也没有什么意思，正在打算搬回杭州去过他们的余生。忽听见了爱婿的这一种暗病，就决定带他们的女儿上杭州去住几时，可以使吴一粟一个人在上海清心节欲，调养调养。

起初郑秀岳执意不肯离开吴一粟，后来经她父母劝了好久，并且又告诉了她以君子爱人以德的大义，她才答应。

吴一粟送他们父女三人去杭州之后，每天总要给郑秀岳一封报告起居的信。郑秀岳于初去的时候，也是一天一封，或竟有一天两封的来信的，但过了十几天，信渐渐地少了，减到了两天一封，三天一封的样子。住满了一个月后，因为天气渐热之故，她的信竟要隔五天才来一次了。吴一粟因为晓得她在杭州的同学，教员，及来往的朋友很多，所以对于她的懒得写信，倒也非常能够原谅，可是等到暑假过后的九月初头，她竟有一礼拜没有信来。到这时候，他心里也有点气起来了。于那一天早晨，发出了一封微露怨意的快信之后，等到晚上回家，仍没有见到她的来信，他就急急的上电报局去发了一个病急速回的电报。

实际上他的病状，也的确并不曾因夫妇的分居而减轻，近来晚上，若服药服得少一点，每有失眠不睡的时候。

打电报的那天晚上，是礼拜六，第二天礼拜日的早晨十点多钟，他就去北火车站候她。头班早车到了，但他在月台上寻觅了半天，终于见不到她的踪影。不得已上近处菜馆去吃了一点点心，等第二班特别快车到的时候，他终于接到了她，和一位同她同来的秃头矮胖的老人。她替他们介绍过后，这李先生就自顾自的上旅馆去了，她和他就坐了黄包车，回到了他们已经住了很长久的戴宅旧寓。

一走上楼，两人把自杭州带来的行李食物等摆了一摆好，吴一粟就略带了一点非难似的口吻向她说：

“你近来为什么信写得这样的少？”

她站住了脚，面上表示着惊惧，恐怕他要重加责备似地对他凝视了半晌，眼睛眨了几眨，却一句话也不说扑落落滚下了一串大泪来。

吴一粟见了她这副神气，心里倒觉得痛起来了，抢上了一步，把她的头颈抱住，就轻轻地慰抚小孩似的对她说：

“宝，你不要哭，我并不是在责备你，我并不是在责备你，噢，你不要哭！”

同时他也将他自己的已在流泪的右颊贴上了她的左颊。

二十三

晚上上床躺下，她才将她发信少发的原因说了一个明白。起初他们父女三人，是住在旅馆里的，在旅馆住了十几天，才去找寻房屋。一个月之后，终于找到了适当的房子搬了进去。这中间买东买西，添置器具，日日的忙，又哪有空功夫坐下来写信呢？到了最近，她却伤了一次风，头痛发热，睡了一个礼拜，昨天刚好，而他的电报却到了。既说明了理由，一场误解，也就此冰释了，吴一粟更觉到了他自己做得过火，所以落后倒反向她赔了几个不是。

入秋以后，吴一粟的梦遗病治好了，而神经衰弱，却只是有增无已。过了年假，春夏之交，失眠更是厉害，白天头昏脑痛，事情也老要办错。他所编的那妇女杂志，一期一期的精彩少了下去，书馆里对他，也有些轻视起来了。

这样的一直拖捱过去，又拖过了一年，到了年底，书馆里送了他四个月的薪水，请他停了职务。

病只在一天一天的增重起来，而赖以谋生的职业，又一旦失去。他的心境当然是恶劣到了万分，因此脾气也变坏了。本来是柔和得同小羊一样的他，失业以后，日日在家，和郑秀岳终日相对，动不动就要发生冲突。郑秀岳伤心极了，总以为吴一粟对她，变了初心。每想起订婚后的那半年多生活的时候，她就要流下泪来。

这中间并且又因为经济的窘迫，生活也节缩到了无可再省的地步。失业后闲居了三月，又是春风和暖的节季了，人家都在添置春衣，及时行乐，而郑秀岳他们，却因积贮将完之故，正在打算另寻一间便宜一点的亭子间来搬家。

正是这样在跑来跑去找寻房子的中间，有一天傍晚，郑秀岳忽在电车上遇见了五六年来没有消息的冯世芬。

冯世芬老了，清丽长方的脸上，细看起来，竟有了几条极细极细的皱纹。她穿在那里的一件青细布的短衫，和一条黑布的夹裤，使她的年龄更要加添十岁。

郑秀岳起初在三等拖车里坐上的时候，竟没有注意到她。等将到日升楼前，两人都快下电车去的当儿，冯世芬却从座位里立起，走到了就坐在门边的郑秀岳的身边。将一只手按上了郑秀岳的肩头，冯世芬对她亲亲热热地叫了一声之后，郑秀岳方才惊跳了起来。

两人下了电车，在先施公司的檐下立定，就各将各的近状报告了个仔细。

冯世芬说，她现在在沪东的一个厂里做夜工，就住在去提篮桥不远的地方。今天她是上周家桥去看了朋友回来的，现在正在打算回去。

郑秀岳将过去的事情简略说了一说，就告诉了她以吴一粟的近状。说他近来如何如何的虐待她，现在因为失业失眠的结果，天天晚上非喝酒不行了，她现在出来就是为他来买酒的。末了便说了他们正在想寻一间便宜一点的亭子间搬家的事情，问冯世芬在沪东有没有适当的房子出租。

冯世芬听了这些话后，低头想了一想，就说：

“有的有的，就在我住的近边。便宜是便宜极了，可只是龌龊一点，并且还是一间前楼，每月租金只要八块。你明朝午后就来罢，我在提篮桥电车站头等你们，和你们一道去看。那间房子里从前住的是我们那里的一个人很好的工头，他前天搬走了，大约是总还没有租出的。我今晚上回去，就可以替你先去说一说看。”

她们约好了时间，和相会的地点，两人就分开了。郑秀岳买了酒一个人在走回家去的电车上，又想起了不少的事情。

她想起了在学校里和冯世芬在一道的时节的情形，想起了冯世芬出走以后的她的感情的往来起伏，更想起了她对冯世芬的母亲，实在太对不起了，自从冯世芬走后，除在那一年暑假中只去了一两次外，以后就绝迹的没有去过。

想到最后，她又转到了目下的自己的身上，吴一粟的近来对她的冷淡，对她的虐待，她越想越气，越想越觉得不能甘心。正想得将要流下眼泪来的时候，电车却已经到了她的不得不下去的站头上了。

这一天晚上，吃过晚饭之后，在电灯底下，她一边缝着吴一粟的小衫，一边就告诉了他以冯世芬出走的全部的事情。将那一年冯世芬的事情说完之后，她就又加上去说：

“冯世芬她舅舅的性格，是始终不会改变的。现在她虽则不曾告诉我他的近状怎样，但推想起来，他的对她，总一定还是和当初一样。可是一粟，你呢，你何以近来会变得这样的呢？经济的压迫，我是不怕的，但你当初对我那样热烈的爱，现在终于冷淡到了如此，这却真真使我伤心。”

吴一粟默默地听到了这里，也觉得有辩解的必要了，所以就柔声的对她说：

“秀，那是你的误解。我对你的爱，也何尝有一点变更？可是第一，你要想想我的身体，病到了这样，再要一色无二的维持初恋时候那样的热烈，是断不可能的。这并不是爱的冷落，乃是爱的进化。我现在对你更爱得深刻了，所以不必拥抱，不必吻香，不必一定要抱住了睡觉，才可以表示我对你的爱。你的心思，我也晓得，你的怨我近来虐待你，我也承认。不过，秀，你也该设身处地的为我想想。失业到了现在，病又老是不肯断根，将来的出路希望，一点儿也没有。处身在这一种状态之下，我又哪能够和你日日寻欢作乐，像初恋当时呢？”

郑秀岳听了这一段话，仔细想想，倒也觉得不错。但等到吴一粟上床去躺下，她一个人因为小衫的袖口还有一只没有缝好，仍坐在那里缝下去的中间，心思一转，把几年前的情形，和现在的一比，则又觉得吴一粟的待她不好了。

“从前是他睡的时候，总要叫我去和他一道睡下的，现在却一点儿也不顾到我，竟自顾自的去躺下了。这负心的薄情郎，我将如何的给他一个报复呢？”

她这样的想想，气气，哭哭，这一晚竟到了十二点过，方才叹了口气，解衣上床去在吴一粟的身旁睡下。吴一粟身体虽则早已躺在床上，但双眼是不闭拢的，听到了她的暗泣和叹气的声音，心神愈是不快，愈是不能安眠了。再想到了她的思想的这样幼稚，对于爱的解释的这样简单，自然在心里也着实起了一点反感，所以明明知道她的流泪的原因和叹气的理由在什么地方，他可终只朝着里床装作了熟睡，而闭口不肯说出一句可以慰抚她的话来。但在他的心里，他却始终是在哀怜她、痛爱她的，尤其是当他想到了这几月失业以后的她的节俭辛苦的生活的时候。

二十四

差不多将到和冯世芬约定的时间前一个钟头的时候，郑秀岳和吴一粟，从戴家的他们寓里走了出来，屋外头依旧是淡云笼日的一天养花的天气。

两人的心里，既已发生了暗礁，一路在电车上，当然是没有什么话说的。郑秀岳并且在想未婚前的半年多中间，和他出来散步的时候，是如何的温情婉转，与现在的这现状一比，真是如何的不同？总之境随心转，现在郑秀岳对于无论什么琐碎的事情行动，片言只语，总觉得和从前相反了，因之触目伤怀，看来看去，世界上竟没有一点可以使她那一颗热烈的片时也少不得男子的心感到满足。她只觉得空虚，只觉得在感到饥渴。

电车到了提篮桥，他们俩还没有下车之先，冯世芬却先看到了他们在电车里，就从马路旁行人道上急走了过来。郑秀岳替他和冯世芬介绍了一回，三人并着在走的中间，冯世芬开口就说：

“那一间前楼还在那里，我昨晚上已经去替你们说好了，今朝只须去看一看，付他们钱就对。”

说到了这里，她就向吴一粟看了一眼，凛然的转了话头对他说：

“吴先生，你的失业，原也是一件恨事，可是你对郑秀岳为什么要这样在虐待呢？同居了好几年，难道她的性情你还不晓得么？她是一刻也少不得一个旁人的慰抚热爱的。你待她这样的冷淡，教她那一颗狂热的心，去付托何人呢？”

本来就不会对人说话，而胆子又是很小的吴一粟，听了这一片非难，就只是红了脸，低着头，在那里苦笑。冯世芬看了他这一副和善忠厚难以为情的样子，心里倒也觉得说的话太过分了，所以转了一转头，就向走在她边上的郑秀岳说：

“我们对男子，也不可过于苛刻。我们是有我们的独立人格的，假如万事都要依赖男子，连自己的情感都要仰求男子来扶持培养，那也未免太看得起男子太看不起自己了。秀岳，以后我劝你先把你自己的情感解放出来，琐碎的小事情不要去想它，把你的全部精神去用在大的远的事情之上。金钱的浪费，原是对社会的罪恶，但是情感的浪费，却是对人类的罪恶。”

这样在谈话的中间，他们三人却已经到了目的地了。

这一块地方，虽说是沪东，但还是在虹口的东北部，附近的翻砂厂，机织厂，和各种小工场很多，显然是一个工人的区域。

他们去看的房子，是一间很旧的一楼一底的房子。由郑秀岳他们看来，虽觉得是破旧不洁的住宅，但在附近的各种歪斜的小平屋内的住民眼里，却已经是上等的住所了。

走上楼去一看，里面却和外观相反，地板墙壁，都还觉得干净，而开间之大，比起现在他们住的那一间来，也小不了许多。八块钱一月的租金，实在是很便宜，比到现在他们的那间久住的寓房，房价要少十块。吴一粟毫无异议，就劝郑秀岳把它定落，可是迟疑不决、多心多虑的郑秀岳，又寻根掘底的向房东问了许多话，才把一个月的房金交了出来。

一切都说停妥，约好于明朝午后搬过来后，冯世芬就又陪他们走到了路上。在慢慢走路的中间，她却不好意思地对郑秀岳说：

“我住的地方，离这儿并不十分远。可是那地方既小又龌龊，所以不好请你们去，我昨天的不肯告诉你们门牌地点，原因也就在此，以后你们搬来住下，还是常由我来看你们罢！”

走到了原来下电车的地方，看他们坐进了车，她就马上向东北的回去了。

离开了他们住熟的那间戴宅的寓居，在新租的这间房子里安排住下，诸事告了一个段落的时候，他们手头所余的钱，只有五十几块了。郑秀岳迁到了这一个新的而又不大高尚的环境里后，心里头又多了一层怨愤。因为她的父母也曾住过，恋爱与结婚的记忆，随处都是的那一间旧寓，现在却从她的身体的周围剥夺去了。而饥饿就逼在目前的现在的经济状况，更不得不使她想起就要寒心。

勉强的过了一个多月，把吴一粟的医药费及两人的生活费开销了下来，连搬过来的时候还在手头的五十几块钱都用得一个也没有剩余。郑秀岳不得已就只好拿出她的手饰来去押入当铺。

当她从当铺里回来，看见了吴一粟的依旧是愁眉不展，毫无喜色的颜面的时候，她心里头却又疾风骤雨似的起了一种莫名其妙的憎恶之情。

“我牺牲到了这一个地步，你也应该对我表示一点感激之情才对吓。那些首饰除了父母给我的东西之外，还有李文卿送我的手表和戒指在里头哩。看你的那一副脸嘴，倒仿佛是我应该去弄了钱来养你的样子。”

她嘴里虽然不说，但心里却在那样怨恨的中间，如电光闪发般的，她忽而想起了李文卿，想起了李得中和张康的两位先生。

她心意决定了，对吴一粟也完全绝望了，所以那一天晚上，于吴一粟上床之后，她一个人在电灯下，竟写了三封同样的热烈地去求爱求助的信。

过了几天，两位先生的复信都来了，她物质上虽然仍在感到缺乏，但精神上却舒适了许多，因为已经是久渴了的她的那颗求爱的心，到此总算得到了一点露润。

又过了一个星期的样子，李文卿的回信也来了，信中间并且还附上了一张五块钱的汇票。她的信虽则仍旧是那一套桃红柳绿的文章，但一种怜悯之情，同富家翁对寒号饥泣的乞儿所表示的一样的一种怜悯之情，却是很可以看得出来的，现在的郑秀岳，连对于这一种怜悯，都觉得不是侮辱了。

她的来信说，她早已在那个大学里毕了业，现在又上杭州去教书了，所以郑秀岳的那一封信，转了好几个地方才接到。顾竹生在入大学后的翌年，就和她分开了，现在和她同住的，却是从前大学里的一位庶务先生。这庶务先生自去年起也失了业，所以现在她却和郑秀岳一样，反在养活男人。这一种没出息的男子，她也已经有点觉得讨厌起来了。目下她在教书的这学校的校长，对她似乎很有意思，等她和校长再有进一步的交情之后，她当为郑秀岳设法，也可以上这学校里去教书。她对郑秀岳的贫困，虽也很同情，可是因为她自家也要养活一个寄生虫在她的身边，所以不能有多大的帮助，不过见贫不救，富者之耻，故而寄上大洋五元，请郑秀岳好为吴一粟去买点药料之类的东西。

二十五

郑秀岳他们的生活愈来愈窘，到了六月初头，他们连几件棉夹的衣类都典当尽了。迫不得已最怕羞最不愿求人的吴一粟，只好写信去向他的叔父求救，而郑秀岳也只能坐火车上杭州去向她的父母去乞借一点。

她在杭州，虽也会到了李得中先生和李文卿，但张康先生却因为率领学生上外埠去旅行去了，没有见到。

在杭州住了一礼拜回来，物质上得了一点小康，她和吴一粟居然也恢复了些旧日的情爱。这中间吴卓人也有信来了，于附寄了几十元钱来之外，他更劝吴一粟于暑假之后也上山东去教一点书。

失业之苦，已经尝透了的吴一粟，看见了前途的这一道光明，自然是喜欢得比登天还要快活。因而他的病也减轻了许多，而郑秀岳在要求的那一种火样的热爱，他有时候竟也能够做到了几分。

但是等到一个比较得快乐的暑假过完，吴一粟正在计划上山东他叔父那里去的时候，一刻也少不得男人的郑秀岳又提出了抗议。她主张若要去的话，必须两人同去，否则还不如在上海找点事情做做的好。况且吴一粟近来身体已经养得差不多快复原了，就是做点零碎的稿子卖卖，每月也可以得到几十块钱。神经衰弱之后，变得意志异常薄弱的吴一粟，听了她这番话，觉得也很有道理。又加以他的本性素来是怕见生人，不善应酬的，即使到了山东，也未见得一定会弄得好。正这样在迟疑打算的中间，他的去山东的时机就白白的失掉了。

九月以后，吴一粟虽则也做了一点零碎的稿子去换了些钱，但卖文所得，一个多月积计起来，也不过二十多元，两人的开销，当然是入不敷出的。于是他们的生活困苦，就又回复到了暑假以前的那一个状态。

在暑假以前，他们还有两个靠山可以去靠一靠的。但到了这时候，吴一粟的叔父的那一条路自然的断了，而杭州郑秀岳的父母，又本来是很清苦的，要郑去非每月汇钱来养活女儿女婿，也觉得十分为难。

九月十八，日本帝国主义的军队和中国军阀相勾结，打进了东三省。中国市场于既受了世界经济恐慌的余波之后，又直面着了这一个政治危机，大江南北的金融界、商业界，就完全停止了运行。

到了这一个时期，吴一粟连十块五块卖一点零碎稿子的地方也不容易找到了。弄得山穷水尽，倒是在厂里做着夜工，有时候于傍晚上工去之前偶尔来看看他们的冯世芬，却一元两元地接济了他们不少。

十二月初旬的一天阴寒的下午，吴一粟拿了一篇翻译的文章，上东上西的去探问了许多地方，才换得了十二块钱，于上灯的时候，欢天喜地的走了回来。但一进后门，房东的一位女主人，就把楼上房门的锁钥交给他说：

“师母上外面去了，说是她的一位先生在旅馆里等她去会会，晚饭大约是不来吃的，你一个人先吃好了，不要等她。”

吴一粟听了，心里倒也很高兴，以为又有希望来了。既是她的先生来会她，大约总一定有什么教书的地方替她谋好了来通知她的，因为前个月里，她曾向杭州发了许多的信，在托她的先生同学，为她自己和吴一粟谋一个小学教员之类的糊口的地方。

吴一粟在这一天晚上，因为心境又宽了一宽，所以吃晚饭的时候，竟独斟独酌的饮了半斤多酒。酒一下喉，身上也加了一点热度，向床上和衣一倒，他就自然而然的睡着了。一睡醒来，他听见楼下房东的钟，正堂堂的敲了十点。但向四面一看，空洞的一间房里，郑秀岳还没有回来。他心里倒有些急起来了，平时日里她出去半日的时候原也很多，但在晚间，则无论如何，十点以前，总一定回来的。他先向桌上及抽斗里寻了一遍，看有没有字条留下，或者知道了她的去所，他也可以去接她。可是寻来寻去，寻了半天，终于寻不到一点她的字迹。又等了半点多钟，他想想没有法子，只好自家先上床去睡下再说。把衣服一脱，在摆向床前的那一张藤椅子上去的中间，他却忽然在这藤椅的低洼的座里，看见了一团白色的纸团儿来。

急忙的把这纸团捡起，拿了向电灯底下去摊开一看，原来是一张三马路新惠中旅社的请客单子，上面写着郑秀岳的名字和他们现在的住址，下面的署名者是张康，房间的号数是二百三十三号。他高兴极了，因为张康先生的名字，他也曾听见她提起过的。这一回张先生既然来了，他大约总是为她或他自己的教书地方介绍好了无疑。

重复把衣服穿好，灭黑了电灯，锁上了房门，他欢天喜地的走下了楼来。房主人问他，这么迟了还要上什么地方去？他就又把锁钥交出，说是去接她回来的，万一她先回来了的话，那请把这锁钥交给她就行。

他寻到了旅社里的那一号房间的门口，百叶腰门里的那扇厚重的门却正半开在那里。先在腰门上敲了几下，推将进去一看，他只见郑秀岳披散了头发，倒睡在床前的地毯之上。身上穿的，上身只是一件钮扣全部解散的内衣，胸乳是露出在外面的，下身的衬裤，也只有一只腿还穿在裤脚之内，其他的一只腿还精赤着裹在从床上拖下地来的半条被内。她脸上浸满了一脸的眼泪，右嘴角上流出了一条鲜红的血。

他真惊呆极了，惊奇得连话都不能够说出一句来。张大了眼睛呆立在那里总约莫有了三分钟的光景，他的背后白打的腰门一响，忽而走进了一个人来。朝转头去一看，他看见了一位四十光景的瘦长的男子，上身只穿了一件短薄的棉袄，两手还在腰间棉袄下系缚裤子，看起样子，他定是刚上外面去小解了来的。他的面色涨得很青，上面是蓬蓬的一头长发，两只眼睛在放异样的光，颜面上的筋肉和嘴口是表示着兴奋到了极点，在不断地抽动。这男子一进来，房里头立时就充满了一股杀气。他瞠目看了一看吴一粟，就放了满含怒气的大声说：

“你是这娼妇的男人么？我今天替你解决了她。”

说着他将吴一粟狠命一推，又赶到了床前伏下身去一把头发将郑秀岳拖了起来。这时候郑秀岳却大哭起来了。吴一粟也就赶了过去，将那男子抱住，拆散了他的拖住头发的一只右手。他一边在那里拆劝，一边却含了泪声乱嚷着说：

“饶了她罢，饶了她罢，她是一个弱女子，经不起你这么乱打的。”

费尽了平生的气力，将这男子拖开，推在沙发上坐下之后，他才问他，这究竟是怎么一回事。

他鼻孔里尽吐着深深的长长的怒气，一边向棉袄袋里一摸，就摸出了一封已经是团得很皱的信来向吴一粟的脸上一掷说：

“你自己去看罢！”

吴一粟弯身向地上捡起了那一封信，手发着抖，摊将开来一看，却是李得中先生寄给郑秀岳的一封很长很长的情书。

二十六

秀岳吾爱：

今天同时收到你的两封信，充满了异样的情绪，我不知将如何来开口吐出我心上欲说的话。这重重伤痕的梦啊，怎么如今又燃烧得这般厉害？直把我套入人生的谜里，我挣扎不出来。尤其是我的心被惊动了，“何来余情，重忆旧时人？这般深。”这变态而矛盾的心理状况，我揭不穿。我全被打入深思中，我用尽了脑力。我有这一点小聪明，我未曾用过一点力量来挽回你的心，可是现在的你，由来信中的证明，你是确实的余烬复燃了，重来温暖旧时的人。可是我依然是那末的一个我，已曾被遗忘过的人，又凭什么资格来引你赎回过去的爱。我虽一直不能忘情，但机警的性格指示我，叫我莫呆。故自十八年的夏季，在去沪车上和你一度把晤后，我清醒了许多，那印象种的深，到今天还留在。你该记得罢？那时我是为了要见你之切，才同你去沪的，那时的你，你倒再去想一下。你给我的机会是什么，你说？我只感得空虚，我没有勇气再在上海住下去，我只好偷偷的走，那淡漠，我永印上了心。好，我唯有收起心肠。这是你造成我这么来做，便此数年隔膜，我完全沉默了。不过那潜藏的暗潮仍然时起汹涌，不让它流露就是了，只是个人知道。不料这作孽的未了缘，于今年六月会相逢于狭路，再搅乱了内部的平静。但那时你啊，你是复原了热情，我虽在存着一个解不透的谜，但我的爱的火焰，禁不住日臻荧荧。而今更来了这意料不到的你的心曲，我迷糊了，我不知怎样处置自己，我只好叫唤苍天！秀岳，我亦还爱你，怎好！

我打算马上到上海来和你重温旧梦。这信夜十时写起，已写到十二点半，总觉得情绪太复杂了，不知如何整理。写写，又需要长时的深思，思而再写，我是太兴奋了，故没心的整整写上二个半钟头。祝你愉快！

李得中　十一月八日十二时半

吴一粟在读信的中间，郑秀岳尽在地上躺着，呜呜咽咽地在哭。读完了这一封长信之后，他的眼睛里也有点热起来了，所以一句话也说不出来，只向地上在哭的她和沙发上坐着在吐气的他往复看了几眼，似在发问的样子。

大约是坐在沙发上的那男子，看得他可怜起来了罢，他于鼻孔里吐了一口长气之后，才慢慢地大声对吴一粟说：

“你大约是吴一粟先生罢？我是张康。郑秀岳这娼妇在学生时代，就和我发生过关系的。后来听说嫁了你了，所以一直还没有和她有过往来。但今年的五月以后，她又常常写起很热烈的信来了，我又哪里知道这娼妇同时也在和那老朽来往的呢？就是我这一回的到上海来，也是为了这娼妇的迫切的哀求而来的呀。那里晓得睡到半夜，那老朽的这一封污浊不通的信，竟被我在她的内衣袋里发现了，你说可气不可气？”说到了这里，他又深深地吐了一口气。回转头去，更狠狠地向她毒视了一眼，他又叫着说：

“郑秀岳，你这娼妇，你真骗得我好！”

说着他又捏紧拳头，站起来想去打她去了，吴一粟只得再嚷着：“饶了她，饶了她，她是一个弱女子！”而把他按住坐了下去。

郑秀岳还在地上呜咽着，张康仍在沙发上发气，吴一粟也一句别的话都说不出来。立着，沉默着，对电灯呆视了几分钟后，他举手擦了一擦眼泪，似含羞地吞吞吐吐地对张康说：

“张先生，你也不用生气了，根本总是我不好，我，我，我自失业以来，竟不能够，不能够把她养活……”

又沉默了几分钟，他掀了一掀鼻涕，就走过了郑秀岳的身边，毫无元气似地轻轻的说：

“秀，你起来罢，把衣服裤子穿一穿好，让我们回去！”

听了他这句话后，她的哭声却放大来了，哭一声，啜一啜气，哭一声，啜一啜气，一边哭着，一边她就断断续续地说：

“今天……今天……我……我是不回去了……我……我情愿被他……被他打杀了……打杀了……在这里……”

张康听了她这一句话，又大声的叫了起来说：

“你这娼妇，总有一天要被人打杀！我今天不解决你，这样下去，总有一个人来解决你的。”

看他的势头，似乎又要站起来打了，吴一粟又只能跑上他身边去赔罪解劝，只好千不是、万不是的说了许多责备自己的话。

他把张康劝平了下去，一面又向郑秀岳解劝了半天，才从地上扶了她起来。拿了一块手巾，把她脸上的血和眼泪揩了一揩，更寻着了挂在镜衣橱里的她那件袍子替她披上，棉裤棉袄替她拿齐之后，她自己就动手穿缚起衬衣衬裤来了。等他默默地扶着了她，走出那间二百三十三号的房间的时候，旅馆壁上挂在那里的一个圆钟，短针却已经绕过了Ⅲ字的记号。

二十七

一九三二年一月二十九日的侵晨，虹口一带，起了不断的枪声，闸北方面，火光烟焰，遮满了天空。

飞机掷弹的声音，机关枪仆仆仆仆扫射的声音，街巷间悲啼号泣的声音，杂聚在一处，似在奏第二次世界大战的前奏序曲。这中间，有一队穿海军绀色的制服的巡逻队，带了几个相貌狰狞的日本浪人，在微明的空气里，竟用枪托斧头，打进了吴一粟和郑秀岳寄寓在那里的那一间屋里。

楼上楼下，翻箱倒箧的搜索了半小时后，郑秀岳就在被里被他们拉了出来，拖下了楼，拉向了那小队驻扎在那里的附近的一间空屋之中。吴一粟叫着喊着，跟他们和被拉着的郑秀岳走了一段，终于被一位水兵旋转身来，用枪托向他的脑门上狠命的猛击了一下。他一边还在喊着："饶了她，饶了她，她是一个弱女子！"但一边却同醉了似的向地上坐了下去，倒了下去。

两天之后，法界的一个战区难民收容所里，墙角边却坐着一位瘦得不堪、额上还有一块干血凝结在那里的中年疯狂难民，白天晚上，尽在对了墙壁上空喊：

"饶了她！饶了她！她是一个弱女子！"

又过了几天，一位清秀瘦弱的女工，同几位很像是她的同志的人，却在离郑秀岳他们那里不远的一间贴近日本海军陆战队曾驻扎过的营房间壁的空屋里找认尸体。在五六个都是一样的赤身露体，血肉淋漓的青年妇女尸体之中，那女工却认出了双目和嘴都还张着，下体青肿得特别厉害，胸前的一只右奶已被割去了的郑秀岳的尸身。

她于寻出了这因被轮奸而毙命的旧同学之后，就很有经验似的教同志们在那里守着而自己马上便出去弄了一口薄薄的施材来为她收殓。

把她自己身上穿在那里的棉袄棉裤上的青布罩衫裤脱了下来，亲自替那精赤的尸体穿得好好，和几位同志，把尸身抬入了棺中，正要把那薄薄的棺盖钉上去的时候，她却又跑上了那尸体的头边，亲亲热热地叫了几声说：

“郑秀岳！……郑秀岳！……你总算也照你的样子，贯彻了你那软弱的一生。”又注目呆看了一忽，她的清秀长方意志坚决的脸上，却也有两滴眼泪流下来了。

冯世芬的收殓被惨杀的遗体，计算起来，五年之中，这却是她的第二次的经验。

后 叙

《她是一个弱女子》的题材，我在一九二七年（见《日记九种》第五十一页一月十日的日记）就想好了，可是以后辗转流离，终于没有功夫把它写出。这一回日本帝国主义的军队来侵，我于逃难之余，倒得了十日的空闲，所以就在这十日内，猫猫虎虎地试写了一个大概。写好之后，过细一看，觉得失败的地方很多，但在这杀人的经济压迫之下，也不能够再来重行改削或另起炉灶了，所以就交给了书铺，教他们去出版。

书中的人物和事实，不消说完全是虚拟的，请读者万不要去空费脑筋，妄思证对。

写到了如今的小说，其间也有十几年的历史了，我觉得比这一次写这篇小说时的心境更恶劣的时候，还不曾有过。因此这一篇小说，大约也将变作我作品之中的最恶劣的一篇。

一九三二年三月达夫记

迷　羊

郁达夫

一

一九××年的秋天，我因为脑病厉害，住在长江北岸的A城里养病。正当江南江北界线上的这A城，兼有南方温暖的地气和北方亢燥的天候，入秋以后，天天只见蓝蔚的高天，同大圆幕似的张在空中。东北西三面城外高低的小山，一例披着了翠色，在阳和的日光里返射，微凉的西北风吹来，往往带着些秋天干草的香气。我尤爱西城外和长江接着的一个菱形湖水旁边的各小山。早晨起来，拿着几本爱读的书，装满一袋花生、水果、香烟，我每到这些小山中没有人来侵犯的地方去享受静瑟的空气。看倦了书，我就举起眼睛来看山下的长江和江上的飞帆。有时候深深地吸一口烟，两手支在背后，向后斜躺着身体，缩小了眼睛，呆看着江南隐隐的青山，竟有三十分钟以上不改姿势的时候。有时候伸着肢体，仰卧在和暖的阳光里，看看无穷的碧落，一时会把什么思想都忘记，我就同一片青烟似的不自觉着自己的存在，悠悠的浮在空中。像这样的懒游了一个多月，我的身体渐渐就强壮起来了。

中国养脑病的地方很多，何以庐山不住，西湖不住，偏要寻到这一个交通不十分便利的A城里来呢？这是有一个原因的。自从先君去世以后，家景萧条，所以我的修学时代，全仗北京的几位父执倾囊救助，父亲虽则不事生产，潦倒了一生，但是他交的几位朋友，却都是慷慨好义、爱人如己的君子。所以我自十几岁离开故乡以后，他们供给我的学费，每年至少也有五六百块钱的样子。这一次有一位父亲生前最知己的伯父，在A省驻节，掌握行政全权。暑假之后，我由京汉车南下，乘长江轮船赴上海，路过A城，上岸去一见，他居然留我在署中作伴，并且委了我一个挂名的咨议，每月有不劳而获的两百块钱俸金好领。这时候我刚在北京的一个大学里毕业，暑假前因为用功过度，患了一种失眠头晕的恶症，见他留我的意很殷诚，我也就猫猫虎虎的住下了。

A城北面去城不远，有一个公园。公园的四周，全是荷花水沼。园中的房舍，系杂筑在水荇青荷的田里，天候晴爽，时有住在城里的富绅闺女和苏扬的幺妓，来此闲游。我因为生性孤僻，并且想静养脑病，所以在A地住下之后，马上托人关说，就租定了一间公园的茅亭，权当寓舍。然而人类是不喜欢单调的动物，独居在湖上，日日与清风明月相周旋，也有时要感到割心的不快。所以在湖亭里蛰居了几天，我就开始作汗漫的闲行，若不到西城外的小山丛里去俯仰看长江碧落，便也到城中市上，去和那些闲散的居民夹在一块，寻一点小小的欢娱。

是到A城以后，将近两个月的一天午后，太阳依旧是明和可爱，碧落依旧是澄静高遥，在西城外各处小山上跑得累了，我就拖了很重的脚，走上接近西门的大观亭去，想在那里休息一下，再进城上酒楼去吃晚饭。原来这大观亭，也是A城的一个名所，底下有明朝一位忠臣的坟墓，上面有几处高敞的亭台。朝南看去，越过飞逸的长江，便可看见江南的烟树。北面窗外，就是那个三角形的长湖。湖的四岸，都是杂树低冈，那一天天色很清，湖水也映得格外的沉静，格外的蓝碧。我走上大观亭楼上的时候，正厅及槛旁的客座已经坐满了，不得已就走入间壁的厢厅里，靠窗坐下。在躺椅上躺了一忽，半天的疲乏，竟使我陷入了很舒服的假寐之境。睡了不晓多少时候，在似梦非梦的境界上，我的耳畔，忽而打来了几声女孩儿的话声。虽听不清是什么话，然而这话声的主人，的确不是A城的居民，因为语音粗硬，仿佛是淮扬一带的腔调。

我在北京，虽则住了许多年，但是生来胆小，一直到大学毕业，从没有上过一次妓馆。平时虽则喜欢读读小说，画画洋画，然而那些文学界艺术界里常常听见的什么恋爱，什么浪漫史，却与我一点儿缘分也没有。可是我的身体构造，发育程序，当然和一般的青年一样，血管里也有热烈的血在流动，宫能性器，并没有半点缺陷。二十六岁的青春，时时在我的头脑里筋肉里呈不稳的现象，对女性的渴慕，当然也是有的。并且当出京以前，还有几个医生，将我的脑病，归咎在性欲的不调，劝我多交几位男女朋友，可以消散消散胸中堆积着的忧闷。更何况久病初愈，体力增进，血的循环，正是速度增加到顶点的这时候呢？所以我在幻梦与现实的交叉点上，一听到这异性的喉音，神经就清醒兴奋起来了。

从躺椅上站起，很急速地擦了一擦眼睛，走到隔一重门的正厅里的时候，我看到厅前门外回廊的槛上，凭立着几个服色奇异的年轻的幼妇。

她们面朝着槛外，在看扬子江里的船只和江上的斜阳，背形服饰，一眼看来，都是差不多的。她们大约都只有十七八岁的年纪，下面着的，是刚在流行的大脚裤，颜色仿佛全是玄色，上面的衣服，却不一样。第二眼再仔细看时，我才知道她们共有三人，一个是穿紫色大团花缎的圆角夹衫，一个穿的是深蓝素缎，还有一个是穿着黑华丝葛的薄棉袄的。中间的那个穿蓝素缎的，偶然间把头回望了一望，我看出了一个小小椭圆形的嫩脸，和她的同伴说笑后尚未收敛起的笑容。她很不经意地把头朝回去了，但我却在脑门上受了一次大大的棒击。这清冷的A城内，拢总不过千数家人家，除了几个妓馆里的放荡的幺妓而外，从未见过有这样豁达的女子，这样可爱的少女，毫无拘束地，三五成群，当这个晴和的午后，来这个不大流行的名所，赏玩风光的。我一时风魔了理性，不知不觉，竟在她们的背后，正厅的中间，呆立了几分钟。

茶博士打了一块手巾过来，问我要不要吃点点心，同时她们也朝转来向我看了，我才涨红了脸，慌慌张张地对茶博士说："要一点！要一点！有什么好吃的？"大约因为我的样子太仓皇了吧？茶博士和她们都笑了起来。我更急得没法，便回身走回厢厅的座里去。临走时向正厅上各座位匆匆地瞥了一眼，我只见满地的花生瓜子的残皮，和几张桌上空空的杂乱摆着的几只茶壶茶碗，这时候许多游客都已经散了。“大约在这一座亭台里流连未去的，只有我和这三位女子了吧！”走到了座位，在昏乱的脑里，第一着想起来的，就是这一个思想。茶博士接着跟了过来，手里肩上，搭着几块手巾，笑迷迷地又问我要不要什么吃的时候，我心里才镇静了一点，向窗外一看，太阳已经去小山不盈丈了，即便摇了摇头，付清茶钱，同逃也似的走下楼来。

我走下扶梯，转了一个弯走到楼前向下降的石级的时候，举头一望，看见那三位少女，已经在我的先头，一边谈话，一边也在循了石级，走回家去。我的稍稍恢复了一点和平的心里，这时候又起起波浪来了，便故意放慢了脚步，想和她们离开远些，免得受人家的猜疑。

毕竟是日暮的时候，在大观亭的小山上一路下来，也不曾遇见别的行人。可是一到山前的路上，便是一条西门外的大街，街上行人很多，两旁尽是小店，尽跟在年轻的姑娘们的后面，走进城去，实在有点难看。我想就在路上雇车，而这时候洋车夫又都不知上哪里去了，一乘也没有瞧见；想放大胆子，率性赶上前去，追过她们的头，但是一想起刚才在大观亭上的那种丑态，又恐被她们认出，再惹一场笑话。心里忐忑不定，诚惶诚恐地跟在她们后面，走进西门的时候，本来是黝暗狭小的街上，已经泛流着暮景，店家就快要上灯了。

西门内的长街，往东一直可通到城市的中心最热闹的三牌楼大街，但我因为天已经晚了，不愿再上大街的酒馆去吃晚饭，打算在北门附近横街上的小酒馆里吃点点心，就出城回到寓舍里去，正在心中打算，想向西门内大街的叉路里走往北去，她们三个，不知怎么的，已经先我转弯，向北走上坡去了。我在转弯路口，又迟疑了一会，便也打定主意，往北的弯了过去。这时候我因为已经跟她们走了半天了，胆量已比从前大了一点，并且好奇心也在开始活动，有“率性跟她们一阵，看她们到底走上什么地方去”的心思。走过了司下坡，进了青天白日的旧时的道台衙门，往后门穿出，由杨家拐拐往东去，在一条横街的旅馆门口，她们三人同时举起头来对了立在门口的一位五十来岁的姥姥笑着说：“您站在这儿干吗？”这是那位穿黑衣的姑娘说的，的确是天津话。这时候我已走近她们的身边了，所以她们的谈话，我句句都听得很清楚。那姥姥就拉着了那黑衣姑娘说：“台上就快开锣了，老板也来催过，你们若再迟回来一点儿，我就想打发人来找你们哩，快吃晚饭去吧！”啊啊，到这里我才知道她们是在行旅中的髦儿戏子，怪不得她们的服装，是那样奇特，行动是那样豁达的。天色已经黑了，横街上的几家小铺子里，也久已上了灯火。街上来往的人迹，渐渐的稀少了下去。打人家的门口经过，老闻得出油煎蔬菜的味儿和饭香来，我也觉着有点饥饿了。

说到戏园，这斗大的A城里，原有一个，不过常客很少的这戏园，在A城的市民生活上，从不占有什么重大的位置。有一次，我从北门进城来，偶尔在一条小小的曲巷口，从澄清的秋气中听见了几阵锣鼓声音，顺便踏进去一看，看见了一间破烂的屋里，黑黝黝的聚集了三四十人坐在台前。坐的桌子椅子，当然也是和这戏园相称的许多白木长条。戏园内光线也没有，空气也不通，我看了一眼，心里就害怕了，即便退了出来。像这样的戏园，当然聘不起名角的，来演的顶多大约是些行旅的杂凑班或是平常演神戏的水陆班子。所以我到了A城两个多月，竟没有注意过这戏园的角色戏目。这一回偶然遇到了那三个女孩儿，我心里却起了一种奇异的感想，所以在大街上的一家菜馆里坐定之后，就教伙计把今天的报拿了过来。一边在等着晚饭的菜，一边拿起报来就在灰黄的电灯下看上戏园的广告上去。果然在第二张新闻的后半封面上，用了二号活字，排着“礼聘超等名角文武须生谢月英本日登台，女伶泰斗”的几个字。在同排上还有“李兰香著名青衣花旦”“陈莲奎独一无二女界黑头”的两个配角。本晚她们所演的戏是最后一出《二进宫》。

我在北京的时候，胡同虽则不去逛，但是戏却是常去听的。那一天晚上一个人在菜馆里吃了一点酒，忽然动了兴致，付账下楼，就决定到戏园里去坐它一坐。日间所见的那几位姑娘，当然也是使我生出这异想来的一个原因。因为我虽在那旅馆门口，听见了一二句她们的谈话。然而究竟她们是不是女伶呢？听说寄住在旅馆里的娼妓也很多，她们或许也是卖笑者流吧？并且若是她们果真是女伶，那么她们究竟是不是和谢月英在一班的呢？若使她们真是谢月英一班的人物，那么究竟谁是谢月英呢？这些无关紧要，没有价值的问题，平时再也不会上我的脑子的问题，这时候大约因为我过的生活太单调了，脑子里太没有什么事情好想了，一路上用牙签刮着牙齿，俯倒了头，竟接二连三地占住了我的思索的全部。在高低不平的灰暗的街上走着，往北往西的转了几个弯，不到十几分钟，就走到了那个我曾经去过一次的倒霉的戏园门口。

幸亏是晚上，左右前后的坍败情形，被一盏汽油灯的光，遮掩去了一点。到底是礼聘的名角登台的日子，门前卖票的栅栏口，竟也挤满了许多中产阶级的先生们。门外路上，还有许多游手好闲的第四阶级的民众，张开了口在那里看汽油灯光，看热闹。

我买了一张票，从人丛和锣鼓声中挤了进去，在第三排的一张正面桌上坐下了。戏已经开演了好久，这时候台上正演着第四出的《泗洲城》。那些女孩子的跳打，实在太不成话了。我就咬着瓜子，尽在看戏场内的周围和座客的情形。场内点着几盏黄黄的电灯，正面厅里，也挤满了二三百人的座客。厅旁两厢，大约是二等座位，那里尽是些穿灰色制服的军人。两厢及后厅的上面，有一层环楼，楼上只坐着女眷。正厅的一二三四排里，坐了些年纪很轻、衣服很奢丽的、在中国的无论哪一个地方都有的时髦青年。他们好像是常来这戏园的样子，大家都在招呼谈话，批评女角，批评楼上的座客，有时笑笑，有时互打瓜子皮儿，有时在窃窃作密语。《泗洲城》下台之后，台上的汽油灯，似乎加了一层光，我的耳畔，忽然起了一阵喊声，原来是《小上坟》上台了，左右前后的那些唯美主义者，仿佛在替他们的祖宗争光彩，看了淫艳的那位花旦的一举一动，就拼命地叫噪起来，同时还有许多哄笑的声音。肉麻当有趣，我实在被他们弄得坐不住了，把腰部升降了好几次，想站起来走，但一边想想看，底下横竖没有几出戏了，且咬紧牙齿忍耐着，就等它一等吧！

好容易捱过了两个钟头的光景，台上的锣鼓紧敲了一下，冷了一冷台，底下就是最后的一出《二进宫》了。果然不错，白天的那个穿深蓝素缎的姑娘扮的是杨大人，我一见她出台，就不知不觉的涨红了脸，同时耳畔又起了一阵雷也似的喊声，更加使我头脑昏了起来，她的扮相真不坏，不过有胡须带在那里，全部的脸子，看不清楚，但她那一双迷人的眼睛，时时往台下横扫的眼睛，实在有使这一班游荡少年惊魂失魄的力量。她嗓音虽不洪亮，但辨字辨得很清，气也接得过来，拍子尤其工稳。在这一个小小的A城里，在这一个坍败的戏园里，她当然是可以压倒一切了。不知不觉的中间，我也受了她的催眠暗示，一直到散场的时候止，我的全副精神，都灌注在她一个人的身上，其他的两个配角，我只知道扮龙国太的，便是白天的那个穿紫色夹衫的姑娘，扮千岁爷的，定是那个穿黑衣黑裤的所谓陈莲奎。

她们三个人中间，算陈莲奎身材高大一点，李兰香似乎太短小了，不长不短，处处合宜的，还是谢月英，究竟是名不虚传的超等名角。

那一天晚上，她的扫来扫去的眼睛，有没有注意到我，我可不知道。但是戏散之后，从戏园子里出来，一路在暗路上摸出城去，我的脑子里尽在转念的，却是这几个名词：

“噢！超等名角！

噢！文武须生！

谢月英！谢月英！

好一个谢月英！”

二

闲人的闲脑，是魔鬼的工场，我因为公园茅亭里的闲居生活单调不过，也变成了那个小戏园的常客了，诱引的最有力者，当然是谢月英。

这时候节季已经进了晚秋，那一年的A城，因为多下了几次雨，天气已变得很凉冷了。自从那一晚以后，我天天早晨起来，在茅亭的南窗外阶上躺着享太阳，一手里拿一杯热茶，一只手里拿一张新闻，第一注意阅读的，就是广告栏里的戏目，和那些A地的地方才子（大约就是那班在戏园内拼命叫好的才子罢）所做的女伶的身世和剧评。一则因为太没有事情干，二则因为所带的几本小说书，都已看完了，所以每晚闲来无事，终于还是上戏园去听戏，并且谢月英的唱做，的确也还过得去，与其费尽了脚力，无情无绪地冒着寒风，去往小山上奔跑，倒还不如上戏园去坐坐的安闲。于是在晴明的午后，她们若唱戏，我也没有一日缺过席，这是我见了谢月英之后，新改变的生活方式。

寒风一阵阵的紧起来，四周辽阔的这公园附近的荷花树木，也都凋落了。田塍路上的野草，变成了黄色，旧日的荷花池里，除了几根零残的荷根而外，只有一处一处的潴水在那里迎送秋阳，因为天气凉冷了的缘故，这十里荷塘的公共园游地内，也很少有人来，在淡淡的夕阳影里，除了西飞的一片乌鸦声外，只有几个沉默的佃家，站在泥水中间挖藕的声音。我的茅亭的寓舍，到了这时候，已经变成了出世的幽栖之所，再住下去，怕有点不可能了。况且因为那戏园的关系，每天晚上，到了夜深，要守城的警察，开门放我出城，出城后，更要在孤静无人的野路上走半天冷路，实在有点不便，于是我的搬家的决心，也就一天一天的坚定起来了。

像我这样的一个独身者的搬家问题，当然是很简单，第一那位父执的公署里，就可以去住，第二若嫌公署里繁杂不过，去找一家旅馆，包一个房间，也很容易。可是我的性格，老是因循苟且，每天到晚上从黑暗里摸回家来，就决定次日一定搬家，第二天一定去找一个房间，但到了第二天的早晨，享享太阳，喝喝茶，看看报，就又把这事搁起了。到了午后，就是照例的到公署去转一转，或上酒楼去吃点酒，晚上又照例地到戏园子去，像这样的生活，不知不觉，竟过了两个多星期。

正在这个犹豫的期间里，突然遇着了一个意想不到的机会，竟把我的移居问题解决了。

大约常到戏园去听戏的人，总有这样的经验的罢？几个天天见面的常客，在不知不觉的中间，很容易联成朋友。尤其是在戏园以外的别的地方突然遇见的时候，两人就会老朋友似的招呼起来。有一天黑云飞满空中，北风吹得很紧的薄暮，我从剃头铺里修了面出来，在剃头铺门口，突然遇见了一位衣冠很潇洒的青年。他对我微笑着点了一点头，我也笑了一脸，回了他一个礼。等我走下台阶，立着和他并排的时候，他又笑迷迷地问我说："今晚上仍旧去安乐园么？"到此我才想起了那个戏园，——原来这戏园的名字叫安乐园——和在戏台前常见的这一个小白脸，往东和他走了二三十步路，同他谈了些女伶做唱的评话，我们就在三叉路口分散了。那一天晚上，在城里吃过晚饭，我本不想再去戏园，但因为出城回家，北风刮得很冷，所以路过安乐园的时候，便也不自意识地踏了进去，打算权坐一坐，等风势杀一点后再回家去。谁知一入戏园，那位白天见过的小白脸就跑过来和我说话了。他问了我的姓名职业住址后，对我就恭维起来，我听了虽则心里有点不舒服，但遇在这样悲凉的晚上，又处在这样孤冷的客中，有一个本地的青年朋友，谈谈闲话，也算不坏，所以就也和他说了些无聊的话。等到我告诉他一个人独寓在城外的公园，晚上回去——尤其是像这样的晚上——真有些胆怯的时候，他就跳起来说："那你为什么不搬到谢月英住的那个旅馆里去呢？那地方去公署不远，去戏园尤其近。今晚上戏散之后，我就同你去看看，好么？顺便也可去看看月英和她的几个同伴。"

他说话的时候，很有自信，仿佛谢月英和他是很熟似的。我在前面也已经说过，对于逛胡同，访女优，一向就没有这样的经验，所以听了他的话，竟红起脸来。他就嘲笑不像嘲笑，安慰不像安慰似的说：

"你在北京住了这许多年，难道这一点经验都没有么？访问访问女戏子，算什么一回事？并不是我在这里对你外乡人吹牛皮，识时务的女优到这里的时候，对我们这一辈人，大约总不敢得罪的。今晚上你且跟我去看看谢月英在旅馆里的样子罢！"

他说话的时候，很表现着一种得意的神情，我也不加可否就默笑着，注意到台上的戏上去了。

在戏园子里一边和他谈话，一边想到戏散之后，究竟还是去呢不去的问题，时间却过去得很快，不知不觉的中间，七八出戏已经演完，台前的座客便嘈嘈杂杂地立起来走了。

台上的煤气灯吹熄了两张，只留着中间的一张大灯，还在照着杂役人等扫地，叠桌椅。这时候台前的座客也走得差不多了，锣鼓声音停后的这破戏园内的空气，变得异常的静默萧条。

台房里那些女孩们嘻嘻叫唤的声气，在池子里也听得出来。

我立起身来把衣帽整了一整，犹豫未决地正想走的时候，那小白脸却拉着我的手说：

“你慢着，月英还在后台洗脸哩，我先和你上后台去瞧一瞧罢！”

说着他就拉了我爬上戏台，直走到后台房里去。台房里还留着许多扮演末一出戏的女孩们，正在黄灰灰的电灯光里卸装洗手脸。乱杂的衣箱，乱杂的盔帽，和五颜六色的刀枪器具，及花花绿绿的人头人面衣裳之类，与一种杂谈声，哄笑声紧挤在一块，使人一见便能感到一种不规则无节制的生活气氛来。我羞羞涩涩地跟了这一位小白脸，在人丛中挤过了好一段路，最后在东边屋角尽处，才看见了陈莲奎谢月英等的卸装地方。

原来今天的压台戏是《大回荆洲》，所以她们三人又是在一道演唱的。谢月英把袍服脱去，只穿了一件粉红小袄，在朝着一面大镜子擦脸。她腰里紧束着一条马带，所以穿黑裤子的后部，突出得很高。在暗淡的电灯光里，我一看见了她这一种形态，心里就突突地跳起来了，又哪里经得起那小白脸的一番肉麻的介绍呢？他走近了谢月英的身后，拿了我的右手，向她的肩上一拍，装着一脸纯肉感的嘻笑对她说：

“月英！我替你介绍一位朋友。这一位王先生，是我们省长舒先生的至戚，他久慕你的盛名了，今天我特地拉他来和你见见。”

谢月英回转头来，“我的妈吓”的叫了一声，佯嗔假喜地装着惊恐的笑容，对那小白脸说：

“陈先生，你老爱那么动手动脚，骇死我了。”

说着，她又回过眼来，对我斜视了一眼，口对着那小白脸，眼却瞟着我的说：

“我们还要你介绍么？天天在台前头见面，还怕不认得么？”我因为那所谓陈先生拿了我的手拍上她的肩去之后，一面感着一种不可名状的电气，心里同喝醉了酒似的在起混乱，一面听了她那一句动手动脚的话，又感到了十二分的羞愧。所以她的频频送过来的眼睛，我只涨红了脸，伏倒了头，默默地在那里承受。既不敢回看她一眼，又不敢说出一句话来。

一边在髦儿戏房里特别闻得出来的那一种香粉香油的气味，不知从何处来的，尽是一阵阵地扑上鼻来，弄得我吐气也吐不舒服。

我正在局促难安，走又不是，留又不是的当儿，谢月英仿佛想起了什么似的，和在她边上站着，也在卸装梳洗的李兰香咬了一句耳朵。李兰香和她都含了微笑，对我看了一眼。谢月英又朝李兰香打了一个招呼，仿佛是在促她承认似的。李兰香笑了笑，点了一点头后，谢月英就亲亲热热地对我说：

“王先生，您还记得么？我们初次在大观亭见面的那一天的事情？”说着她又笑了起来。

我涨红的脸上又加了一阵红，也很不自然地装了脸微笑，点头对她说：

“可不是吗？那时候是你们刚到的时候吧？”她们听了我的说话声音，三个人一齐朝了转来，对我凝视。那高大的陈莲奎，并且放了她同男人似的喉音，问我说：

“您先生也是北京人吗？什么时候到这儿来的？”

我嗫嚅地应酬了几句，实在觉得不耐烦了——因为怕羞得厉害——所以就匆匆地促那一位小白脸的陈君，一道从后门跑出到一条狭巷里来，临走的时候，陈君又回头来对谢月英说：

“月英，我们先到旅馆里去等你们，你们早点回来，这一位王先生要请你们吃点心哩！”手里拿了一个包袱，站在月英等身旁的那个姥姥，也装着笑脸对陈君说：

“陈先生！我的白干儿，你别忘记啦！”

陈君也呵呵呵呵的笑歪了脸，斜侧着身子，和我走了出来。一出后门，天上的大风，还在呜呜的刮着，尤其是漆黑漆黑的那狭巷里的冷空气，使我打了一个冷痉。那浓艳的柔软的香温的后台的空气，到这里才发生了效力，使我生出了一种后悔的心思，悔不该那么急促地就离开了她们。

我仰起来看看天，苍紫的寒空里澄练得同冰河一样，有几点很大很大的秋星，似乎在风中摇动。近边有一只野犬，在那里迎着我们呜叫。又呜呜的劈面来了一阵冷风，我们却摸出了那条高低不平的狭巷，走到了灯火清荧的北门大街上了。

街上的小店，都已关上了门，间着很长很远的间隔，有几盏街灯，照在清冷寂静的街上。我们踏了许多模糊的黑影，向南的走往那家旅馆里去，路上也追过了几组和我们同方向走去的行人。这几个人大约也是刚从戏园子里出来，慢慢的走着，一边他们还在评论女角的色艺，也有几个在幽幽地唱着不合腔的皮簧的。

在横街上转了弯，走到那家旅馆门口的时候，旅馆里的茶房，好像也已经被北风吹冷，躲在棉花被里了。我们在门口寒风里立着，两人都默默的不说一句话，等茶房起来开大门的时候，只看见灰尘积得很厚的一盏电灯光，照着了大新旅馆的四个大字，毫无生气，毫无热意的散射在那里。

那小白脸的陈君，好像真是常来此地访问谢月英的样子。他对了那个放我们进门之后还在擦眼睛的茶房说了几句话，那茶房就带我们上里进的一间大房里去了。这大房当然是谢月英她们的寓房，房里纵横叠着些衣箱洗面架之类。朝南的窗下有一张八仙桌摆着，东西北三面靠墙的地方，各有三张床铺铺在那里，东北角里，帐子和帐子的中间，且斜挂着一道花布的帘子。房里头收拾得干净得很，桌上的镜子粉盒香烟罐之类，也整理得清清楚楚，进了这房，谁也感得到一种闲适安乐的感觉。尤其是在这样的晚上，能使人更感到一层热意的，是桌上挂在那里的一盏五十支光的白热的电灯。

陈君坐定之后，叫茶房过来，问他有没有房间空着了。茶房抓抓头想了一想，说外进还有一间四十八号的大房间空着，因为房价太大，老是没人来住的。陈君很威严地吩咐他去收拾干净来，一边却回过头来对我说：

“王君！今晚上风刮得这么厉害，并且吃点点心，谈谈闲话，总要到一两点钟才能回去。夜太深了，你出城恐怕不便，还不如在四十八号住它一晚，等明天老板起来，顺便就可以和他办迁居的交涉，你说怎么样？”

我这半夜中间，被他弄得昏头昏脑，尤其是从她们的后台房里出来之后，又走到了这一间娇香温暖的寝房，正和受了狐狸精迷的病人一样，自家一点儿主张也没有了，所以只是点头默认，由他在那里摆布。

他叫我出去，跟茶房去看了一看四十八号的房间，便又命茶房去叫酒菜。我们走回到后进谢月英的房里坐定之后，他又翻来翻去翻了些谢月英的扮戏照相出来给我看，一张和李兰香照的《武家坡》，似乎是在A地照的，扮相特别的浓艳，姿势也特别的有神气。我们正在翻看照相，批评她们的唱做的时候，门外头的车声杂谈声，哄然响了一下，接着果然是那个姥姥，背着包袱，叫着跑进屋里来了。

“陈先生！你们候久了吧！那可气的皮车，叫来叫去都叫不着，我还是走了回来的呢！倒还是我快，你说该死不该死？”

说着，她走进了房，把包袱藏好在东北角里的布帘里面，以手往后面一指说：

“她们也走进门来了！”

她们三人一进房来之后，房内的空气就不同了。陈君的笑话，更是层出不穷，说得她们三人，个个都弯腰捧肚的笑个不了。还有许多隐语，我简直不能了解的，而在她们，却比什么都还有趣。陈君只须开口题一个字，她们的正想收敛起来的哄笑，就又会勃发起来。后来弄得送酒菜来的茶房，也站着不去，在边上凑起热闹来了。

这一晚说说笑喝喝酒，陈君一直闹到两点多钟，方才别去，我就在那间四十八号的大房里，住了一晚。第二天起来，和账房办了一个交涉，我总算把我的迁居问题，就这么的在无意之中解决了。

三

这一间房间，倒是一间南房，虽然说是大新旅馆的最大的客房，然而实际上不过是中国旧式的五开间厅屋旁边的一个侧院。大约是因为旅馆主人想省几个木匠板料的钱，所以没有把它隔断。我租定了这间四十八号房之后，心里倒也快活得很，因为在我看来，也算是很麻烦的一件迁居的事情，就可以安全简捷地解决了。

第二天早晨十点钟前后，从夜来的乱梦里醒了过来，看看房间里从阶沿上射进来的阳光，听听房外面时断时续的旅馆里的茶房等杂谈行动的声音，心里却感着了一种莫名其妙的喜悦。所以一起来之后，我就和旅馆老板去办交涉，请他低减了房金，预付了他半个月的房钱，便回到城外公园的茅亭里去把衣箱书籍等件，搬移了过来。

这一天是星期六，安乐园午后本来是有日戏的，但我因为昨晚上和她们胡闹了一晚，心里实在有点害羞，怕和她们见面，终于不敢上戏园里去，所以吃完中饭以后，上公署去转了一转，就走回了旅馆，在房间里坐着呆想。

晚秋的晴日，真觉得太挑人爱，天井里窥俯下来的苍空，和街市上小孩们的欢乐的噪声，尽在诱动我的游思，使我一个人坐在房里，感到了许多压不下去的苦闷。勉强地想拿出几本爱读的书来镇压放心，可是读不了几页，我的心里，就会想到北门街上的在太阳光里来往的群众，和在那戏台前头紧挤在一块的许多轻薄少年的光景上去。

在房里和囚犯似的走来走去的走了半天，我觉得终于是熬忍不过去了，就把桌上摆着的呢帽一拿，慢慢的踱出旅馆来。出了那条旅馆的横街，在丁字路口，正在计算还是往南呢往北的中间，后面忽而来了一只手，在我肩上拍了两拍，我骇了一跳，回头来一看，原来就是昨晚的那位小白脸的陈君。

他走近了我的身边，向我说了几句恭贺乔迁的套话以后，接着就笑说：

“我刚上旅馆去问过，知道你的行李已经搬过来了，真敏捷啊！从此你这近水楼台，怕有点危险了。”

呵呵呵呵的笑了一阵，我倒被他笑得红起脸来了，然而两只脚却不知不觉的竟跟了他走向北去。

两人谈着，沿了北门大街，在向安乐园去的方面走了一段，将到进戏园去的那条狭巷口的时候，我的意识，忽而回复了转来，一种害羞的疑念，又重新罩住了我的心意，所以就很坚决的对陈君说：

“今天我可不能上戏园去，因为还有一点书籍没有搬来，所以我想出城再上公园去走一趟。”

说完这话，已经到了那条巷口了，锣鼓声音也已听得出来，陈君拉了我一阵，劝我戏散之后再去不迟，但我终于和他分别，一个人走出了北门，走到那荷田中间的公园里去。

大约因为是星期六的午后的原因，公园的野路上，也有几个学生及绅士们在那里游走。我背了太阳光走，到东北角的一间茶楼上去坐定，眼看着一碧的秋空，和四面的野景，心里尽在跳跃不定，仿佛是一件大事，将要降临到我头上来的样子。

卖茶的伙计，因为住久相识了，过来说了几句闲话之后，便自顾自的走下楼去享太阳去了，我一个人就把刚才那小白脸的陈君所说的话从头细想了一遍。

说到我这一次的搬家，实在是必然的事实，至于搬上大新旅馆去住，也完全是偶然的结果。谢月英她们的色艺，我并没有怎么样的倾倒佩服；天天去听她们的戏，也不过是一种无聊时的解闷的行为，昨天晚上的去访问，又不是由我发起，并且戏散之后，我原是想立起来走的。想到了这种种否定的事实，我心里就宽了一半，刚才那陈君说的笑话，我也以这几种事实来作了辩护。然而辩护虽则辩了，而心里的一种不安，一种想到戏园里去坐它一二个钟头的渴望，仍复在燃烧着我的心，使我不得安闲。

我从茶楼下来，对西天的斜日迎走了半天，看看公园附近的农家在草地上堆叠干草的工作，心里终想走回安乐园去，因为这时候谢月英她们恐怕还在台上，记得今天的报上登载在那里的是李兰香和谢月英的末一出《三娘教子》。

一边在作这种想头，一边竟也不自意识地一步一步走进了城来。沿北门大街走到那条巷口的时候，我竟在那里立住了。然而这时候进戏园去，第一更容易招她们及观客们的注意，第二又觉得要被那位小白脸的陈君取笑，所以我虽在巷口呆呆立着，而进去的决心终于不敢下，心里却在暗暗抱怨陈君，和一般有秘密的人当秘密被人家揭破时一样。

在巷口立了一阵，走了一阵，又回到巷口去了一阵，这中间短促的秋日，就苍茫地晚了。我怕戏散之后，被陈君捉住，又怕当谢月英她们出来的时候，被她们看见，所以就急急地走回到旅馆里来，这时候，街上的那些电力不足的电灯，也已经黄黄的上了火了。

在旅馆里吃了晚饭，我几次地想跑到后进院里去看她们回来了没有，但终被怕羞的心思压制了下去。我坐着吸了几枝烟，上旅馆门口去装着闲走无事的样子走了几趟，终于见不到她们的动静，不得已就只好仍复照旧日的课程，一个人慢慢从黄昏的街上走到安乐园去。

究竟是星期六的晚上，时候虽则还早，然而座客已经在台前挤满了。我在平日常坐的地方托茶房办了一个交涉插坐了进去，台上的戏还只演到了第三出。坐定之后，向四边看了一看，陈君却还没有到来。我一半是喜欢，喜欢他可以不来说笑话取笑我，一半也在失望，恐怕他今晚上终于不到这里来，将弄得台前头叫好的人少去一个，致谢月英她们的兴致不好。

戏目一出一出地演过了，而陈君终究不来，到了最后的一出《逼宫》将要上台的时候，我心里真同洪水暴发时一样，同时感到了许多羞惧、喜欢、懊恼、后悔等起伏的感情。

然而谢月英、陈莲奎终究上台了，我涨红了脸，在人家喝彩的声里瞪着两眼，在呆看她们的唱做。谢月英果然对我瞟了几眼，我这时全身就发了热，仿佛满院子的看戏的人都已经识破了我昨晚的事情在凝视我的样子，耳朵里嗡嗡地响了起来。锣鼓声杂噪声和她们的唱戏的声音都从我的意识里消失了过去，我只在听谢月英问我的那句话："王先生，您还记得么，我们初次在观亭见面的那一天的事情？"接着又昏昏迷迷的想起了许多昨晚上她的说话，她的动作，和她的着服平常的衣服时候的声音笑貌来。覃覃覃覃的一响，戏演完了，我正同做了一场热病中的乱梦之后的人一样，急红了脸，夹着杂乱，一立起就拼命的从人丛中挤出了戏院的门。"她们今晚上唱的是什么？我应当走上什么地方去？现在是什么时候了？"的那些观念，完全从我的意识里消失了，我的脑子和痴呆者的脑子一样，已经变成了一个一点儿皱纹也没有的虚白的结晶。

在黑暗的街巷里跑来跑去不知跑了多少路，等心意恢复了一点平稳，头脑清醒一点之后，摸走回来，打开旅馆的门，回到房里去睡的时候，近处的雄鸡，的确有几处在叫了。

说也奇怪，我和谢月英她们在一个屋顶下住着，并且吃着一个锅子的饭，而自我那一晚在戏台上见她们之后，竟有整整的三天，没有见到她们。当然我想见她们的心思是比什么都还要热烈，可是一半是怕羞，一半是怕见了她们之后，又要兴奋得同那晚从戏园子里挤出来的时候一样，心里也有点恐惧，所以故意的在避掉许多可以见到她们的机会。自从那一晚后，我戏园里当然是不去了，那小白脸的陈君，也奇怪得很，在这三天之内，竟绝迹地没有上大新旅馆里来过一次。

自我搬进旅馆去后第四天的午后两点钟的时候，我吃完午饭，刚想走到公署里去，忽而在旅馆的门口遇到了谢月英。她也是一个人在想往外面走，可是有点犹豫不决的样子，一见了我，就叫我说：

“王先生！你上哪儿去呀？我们有几天不见了，听说你也搬上这儿来住了，真的么？”

我因为旅馆门口及厅上有许多闲杂人在立着呆看，所以脸上就热了起来，尽是含糊嗫嚅地回答她说：“是！是！”她看了我这一种窘状，好像是很对我不起似的，一边放开了脚，向前走出门来，一边还在和我支吾着说话，仿佛是在教我跟上去的意思。我跟着她走出了门，走上了街，直到和旅馆相去很远的一处巷口转了弯，她才放松了脚步，和我并排走着，一边很切实地对我说：

“王先生！我想上街去买点东西，姥姥病倒了，不能和我出来，你有没有时间，可以和我一道去？”

我的被搅乱的神志，到这里才清了一清，听了她这一种切实的话，当然是非常喜欢的，所以走出巷口，就叫了两乘洋车，陪她一道上大街上去。

正是午后刚热闹的时候，大街上在太阳光里走着的行人也很拥挤，所以车走得很慢，我在车上，问了她想买的是什么，她就告诉说：

“天气冷了，我想新做一件皮袄，皮是带来了，可是面子还没有买好，偏是姥姥病了，李兰香也在发烧，是和姥姥一样的病，所以没有人和我出来，莲奎也不得不在家里陪她们。”说着我们的车，已经到了A城最热闹的那条三牌楼大街了。在一家绸缎洋货铺门口下了车，我给车钱的时候，她回过头来对我很自然地呈了一脸表示感谢的媚笑。我从来没有陪了女人上铺子里去买过东西，所以一进店铺，那些伙计们挤拢来的时候，我又涨红了脸。

她靠住柜台，和伙计在说话，我一个人尽是红了脸躲在她的背后不敢开口。直到缎子拿了出来，她问我关于颜色花样等意见的时候，我才羞羞缩缩地挨了上去，和她并排地立着。

剪好了缎子，步出店门，我问她另外有没有什么东西买的时候，她又侧过脸来，对我斜视了一眼，笑着对我说：

“王先生！天气这么的好，你想上什么地方去玩去不想？我这几天在房里看她们的病可真看得闷起来了。”

听她的话，似乎李兰香和姥姥已经病了两三天了，病症仿佛是很重的流行性感冒。我到此地才想起了这几天报上不见李兰香配戏的事情，并且又发见了到大新旅馆以后三天不曾见她们面的原委。两人在热闹的大街上谈谈走走，不知不觉竟走到了出东门去的那条大街的口上。一直走出东门，去城一二里路，有一个名刹迎江寺立着，是A城最大的一座寺院，寺里并且有一座宝塔凭江，可以拾级攀登，也算是A城的一个胜景。我于是乎就约她一道出城，上这一个寺里去逛去。

四

迎江寺的高塔，返映着眩目的秋阳，突出了黄墙黑瓦的几排寺屋，倒影在浅淡的长江水里。无穷的碧落，因这高塔的一触，更加显出了它面积的浩荡，悠闲自在，似乎在笑祝地上人世的经营，在那里投散它的无微不至的恩赐。我们走出东门后，改坐了人力车，在寺前阶下落车的时候，早就感到了一种悠游的闲适气氛，把过去的愁思和未来的忧苦，一切都抛在脑后了。谢月英忘记了自己是一个女优，一个以供人玩弄为职业的妇人，我也忘记了自己是为人在客。从石级上一级一级走进山门去的中间，我们竟向两旁坐在石级上行乞的男女施舍了不少的金钱。

走进了四天王把守的山门，向朝江的那位布袋佛微微一笑，她忽而站住了，贴着我的侧面，轻轻的仰视着我问说：

“我们香也不烧，钱也不写，像这样的白进来逛，可以的么？”

“那怕什么！名山胜地，本来就是给人家游逛的地方，怕它干吗！”

穿过了大雄宝殿，走到后院的中间，那一座粉白的宝塔上部，就压在我们的头上了，月英同小孩子似的跳了起来。嘴里叫着，“我们上去吧！我们上去吧！”一边她的脚却向前跳跃了好几步。

塔院的周围，有几个乡下人在那里膜拜。塔的下层壁上，也有许多墨笔铅笔的诗词之类，题在那里。壁龛的佛像前头，还有几对小蜡烛和线香烧着，大约是刚由本地的善男信女们烧过香的。

塔弄里很黑。一盏终年不熄的煤油灯光，照不出脚下的行路来。我在塔前买票的中间，她似乎已经向塔的内部窥探过了，等我回转身子找她进塔的时候，她脸上却装着了一脸疑惧的苦笑对我说：

“塔的里头黑得很，你上前吧！我倒有点怕！”向前进了几步，在斜铺的石级上，被黑黝黝的空气包住，我忽然感到了一种异样的感情。在黑暗里，我觉得我的脸也红了起来。闷声不响，放开大步向前更跨了一步，啪嗒的一响，我把两级石级跨作了一级，踏了一脚空，竟把身子斜睡下来了。“小心！”的叫了一声，谢月英抢上来把我挟住，我的背靠在她的怀里，脸上更同火也似的烧了起来。把头一转，我更闻出了她“还好么！还好么！”在问我的气息。这时候，我的意识完全模糊了，一种羞愧，同时又觉得安逸的怪感情，从头上散行及我的脚上。我放开了一只右手，在黑暗里不自觉的摸探上她的支在我胸前的手上去。一种软滑的，同摸在面粉团上似的触觉，又在我的全身上通了一条电流。一边斜靠在壁上，一边紧贴上她的前胸，我默默的呆立了一二分钟。忽儿听见后面又有脚步声来了，把她的手紧紧地一捏，我才立起身来，重新向前一步一步的攀登上塔。走上了一层，走了一圈，我也不敢回过头来看她一眼，她也默默地不和我说一句话，尽在跟着我跑，这样的又是一层，又走了一圈。一直等走到第五层的时候，觉得后面来登塔的人，已经不跟在我们的后头了，我才走到了南面朝江的塔门口去站住了脚。她看我站住了，也就不跟过来，故意留在塔的外层，在朝西北看A城的烟户和城外的乡村。

太阳刚斜到了三十度的光景，扬子江的水面，颜色绛黄，绝似一线着色的玻璃，有许多同玩具似的帆船汽船，在这平稳的玻璃上游驶，过江隔岸，是许多同发也似的丛林，树林里也有一点一点的白色红色的房屋露着。在这些枯林房屋的背后，更有几处淡淡的秋山，纵横错落，仿佛是被毛笔画在那里的样子。包围在这些山影房屋树林的周围的，是银蓝的天盖，澄清的空气，和饱满的阳光。抬起头来也看得见一缕两缕的浮云，但晴天浩大，这几缕微云对这一幅秋景，终不能加上些儿阴影。从塔上看下来的这一天午后的清景，实在是太美满了。

我呆立了一会，对这四围的风物凝了一凝神，觉得刚才的兴奋渐渐儿的平静了下去。在塔的外层轻轻走了几步，侧眼看看谢月英，觉得她对了这落照中的城市烟景也似乎在发痴想。等她朝转头来，视线和我接触的时候，两人不知不觉的笑了一笑，脚步也自然而然地走了拢来。到了相去不及一二尺的光景，同时她也伸出了一只手来，我也伸出了一只手去。

在塔上不知逗留了多少时候，只见太阳愈降愈低了，俯看下去，近旁的村落里，也已经起了炊烟。我把她胛下夹在那里的一小包缎子拿了过来，挽住她的手，慢慢的走下塔来的时候，塔院里早已阴影很多，是仓皇日暮的样子了。

在迎江寺门前，雇了两乘人力车，走回城里来的当中，我一路上想了许多想头：

已经是很明白的了，我对她的热情，当然是隐瞒不过去的事实。她对我也绝不似寻常一样的游戏般的播弄。好，好，成功，成功。啊啊！这一种成功的欢喜，我真想大声叫唤出来。车子进城之后，两旁路上在暮色里来往的行人，大约看了我脸上的笑容，也有点觉得奇怪，有几个竟立住了脚，在呆看着我和走在我前面的谢月英。我这时候羞耻也不怕，恐惧也没有，满怀的秘密，只想叫车夫停住了车，跳下来和他们握手，向他们报告，报告我这一回在塔上和谢月英两个人消磨过去的满足的半天。我觉得谢月英，已经是我的掌中之物了。我想对那一位小白脸的陈君，表示我在无意之中得到了他所想得而得不到的爱的左券。我更想在戏台前头，对那些拼命叫好的浮滑青年，夸示谢月英的已属于我，请他们不必费心。想到了这种种满足的想头，我竟忘记了身在车上，忘记了日暮的城市，忘记了我自己的同游尘似的未定的生活。等车到旅馆门口的时候，我才同从梦里醒过来的人似的回到了现实的世界，而谢月英又很急地从门口走了进去，对我招呼也没有招呼，就在我的面前消失了。手里捏了一包她今天下午买来的皮袄材料，我却和痴了似的又不得不立住了脚。想跟着送进去，只恐怕招李兰香她们的疑忌，想不送进去，又怕她要说我不聪明，不会侍候女人。在乱杂的旅馆厅上迟疑了一会，向进里进去的门口走进走出的走了几趟，我终究没有勇气，仍复把那一包缎子抱着，回到了我自己的房里。

电光已经亮了，伙计搬了饭菜进来。我要了一壶酒，在灯前独酌，一边也在作空想："今天晚上她在台上，看她有没有什么表示。戏散之后，我应该再到她的戏房里去一次。……啊啊，她那一只柔软的手！"坐坐想想，我这一顿晚饭，竟吃了一个多钟头。因为到戏园子去还早，并且无论什么时候去，座位总不会没有的，所以我吃完晚饭之后，就一个人踱出了旅馆，打算走上北面城墙附近的一处空地里去，这空地边上有一个小池，池上也有一所古庙，庙的前后，却有许多杨柳冬青的老树生着，斗大的这A城里，总算这一个地方比较得幽僻点，所以附近的青年男女学生，老是上这近边来散步的。我因为今天日里的际遇实在好不过，一个人坐在房里，觉得有点可惜，所以想到这一个清静的地方去细细里的享乐我日里的回想。走出了门，向东走了一段，在折向北去的小弄里，却遇见了许多来往的闲人。这一条弄，本来是不大有人行走的僻弄，今天居然有这许多人来往，我心里正在奇怪，想，莫非有什么事情发生了么？一走出弄，果然不错，前面弄外的空地里，竟有许多灯火，和小孩老妇，挤着在寻欢作乐。沿池的岸上，五步一堆，十步一集，铺着些小摊，布篷，和杂耍的围儿，在高声的邀客。池岸的庙里，点得灯火辉煌，仿佛是什么菩萨的生日的样子。

走近了庙里去一看，才晓得今天是旧历的十一月初一，是这所古庙里的每年的谢神之日。本来是不十分高大的这古庙廊下，满挂着了些红纱灯彩，庙前的空地上，也堆着了一大堆纸帛线香的灰火，有许多老妇，还拱了手，跪在地下，朝这一堆香火在喃喃念着经咒。

我挤进了庙门，在人丛中争取了一席地，也跪下去向上面佛帐里的一个有胡须的菩萨拜了几拜，又立起来向佛柜上的签筒里抽了一枝签出来。

香的烟和灯的焰，熏得我眼泪流个不住，勉强立起，拿了一枝签，摸向东廊下柜上去对签文的时候，我心里忽而起了一种不吉的预感，因为被人一推，那枝签竟从我的手里掉落了。拾起签来，到柜上去付了几枚铜货，把那签文拿来一读，果然是一张不大使人满意的下下签：

宋勒李使君灵签第八十四签 下下
银烛一曲太娇娇 肠断人间紫玉箫
漫向金陵寻故事 啼鸦衰柳自无聊

我虽解不通这签诗的辞句，但看了末结一句“啼鸦衰柳自无聊”，总觉得心里不大舒服。虽然是神鬼之事，大都含糊两可，但是既然去求问了它，总未免有一点前因后果。况且我这一回的去求签，系出乎一番至诚之心，因为今天的那一场奇遇，太使我满意了，所以我只希望得一张上上大吉的签，在我的兴致上再加一点锦上之花，到此刻我才觉得自寻没趣了。

怀了一个不满的心，慢慢的从人丛中穿过了那池塘，走到戏园子去的路上，我疑神疑鬼的又追想了许多次在塔上的她的举动。——她对我虽然没有什么肯定的表示，但是对我并没有恶意，却是的的确确的。我对她的爱，她是可以承受的一点，也是很明显的事实。但是到家之后，她并不对我打一个招呼，就跑了进去，这又是什么意思呢？——想来想去想了半天，结果我还是断定这是她的好意，因为在午后出来的时候，她曾经看见了我的狼狈的态度的缘故。

想到了这里，我的心里就又喜欢起来了，签诗之类，只付之一笑，已经不在我的意中。放开了脚步，我便很急速地走到戏园子里去。

在台前头坐下，当谢月英没有上台的两三个钟头里面，我什么也没有听到，什么也没有看见，只在追求今天日里的她的幻影。

她今天穿的是一件银红的外国呢的长袍，腰部做得很紧，所以样子格外的好看。头上戴着一顶黑绒的鸭舌女帽，是北方的女伶最喜欢戴的那一种帽子。长圆的脸上，光着一双迷人的大眼。双重眼睑上挂着的有点斜吊起的眉毛，大约是因为常扮戏的原因吧？嘴唇很弯很曲，颜色也很红。脖子似乎太短一点，可是不碍，因为她的头本来就不大，所以并没有破坏她全身的匀称的地方。啊啊，她那一双手，那一双轻软肥白，而又是很小的手！手背上的五个指脊骨上的小孔。

我一想到这里，日间在塔上和她握手时的那一种战栗，又重新逼上我的身来，摇了一摇头，举起眼来向台上一看，好了好了，是末后倒过来的第二出戏了。这时候台上在演的，正是陈莲奎的《探阴山》，底下就是谢月英的《状元谱》。我把那些妄念辟了一辟清，把头上的长发用手理了一理，正襟危坐。重把注意的全部，设法想倾注到戏台上去，但无论如何，谢月英的那双同冷泉井似的眼睛，总似在笑着招我，别的物事，总不能印到我的眼帘上来。

最后是她的戏了，她的陈员外上台了，台前头起了一阵叫声。她的眼睛向台下一扫，扫到了我的头上，果然停了几秒钟。眼睛又扫向东边去了。东边就又起了一阵狂噪声。我脸涨红了，急等她再把眼睛扫回过来，可是等了几分钟，终究不来。我急起来了，听了那东边的几个浮薄青年的叫声，心里只是不舒服，仿佛是一锅沸水在肚里煎滚。那几个浮薄青年尽是叫着不已，她也眼睛只在朝他们看，这时候我心里真想把一只茶碗丢掷过去。可是生来就很懦弱的我，终于不敢放开喉咙来叫唤一声，只是张着怒目，在注视台上。她终于把眼睛回过来了，我一霎时就把怒容收起，换了一副笑容。像这样的悲哀喜乐，起伏交换了许多次数，我觉得心的紧张，怎么也持续不了了，所以不等她的那出戏演完，就站起来走出了戏园。

门外头依旧是寒冷的寒夜，微微的凉风吹上我的脸来，我才感觉到因兴奋过度而涨得绯红的两颊。在清冷的巷口，立了几分钟，我终于舍不得这样的和她别去，所以就走向了北，摸到通后台的那条狭巷里去。

在那条漆黑漆黑的狭巷里，果然遇见了几个下台出来的女伶，可是辨不清是谁，就匆匆的擦过了。到了后台房的门口，两扇板门只是虚掩在那里。门中间的一条狭缝，露出了一道灯光来，那些女孩子们在台房里杂谈叫噪的声音，也听得很清。我几次想伸手出去，推开门来，可是终于在门上摸了一番，仍旧将双手缩了回来。又过了几分钟，有人自里边把门开了，我骇了一跳，就很快的躲开，走向西去。这时候我心里的一种愤激羞惧之情，比那天自戏园出来，在黑夜的空城里走到天亮的晚上，还要压制不住。不得已只好在漆黑不平的路上，摸来摸去，另寻了一条狭路，绕道走上了通北门的大道。绕来绕去，不知白走了多少路，好容易寻着了那大街，正拐了弯想走到旅馆中去的时候，后面一阵脚步声，接着就来了几乘人力车。我把身子躲开，让车过去，回转头来一看，在灰黄不明白的街灯光里，又看见了她——谢月英的一个侧面来。

本来我是打算今晚上于戏散之后把白天的那包缎子送去，顺便也去看看姥姥李兰香她们的病的，可是在这一种兴奋状态之下，这事情却不可能了，因为兴奋之极，在态度上言语上，不免要露出不稳的痕迹来的。所以我虽则心里只在难过，只在妄想再去见她一面，而一双已经走倦了的脚，只在冷清的长街上慢步，慢慢地走回旅馆里去。

五

大约是几天来的睡眠不足，和昨晚上兴奋之后的半夜深夜游行的结果，早晨醒转来的时候，觉得头有点昏痛，天井里的淡黄的日光，已经射上格子窗上来了。鼻子往里一吸，只有半个鼻孔，还可以通气，其他的部分，都已塞得紧紧，和一只铁锈住的唧筒没有分别。朝里床翻了一个身，背脊和膝盖骨上下都觉得酸痛得很，到此我晓得是已经中了风寒了。

午前的这小旅馆里的空气，静寂得非常，除有几处脚步声和一句两句断续的话声以外，什么响动也没有。我想勉强起来穿着衣服，但又翻了一个身，觉得身上遍身都在胀痛，横竖起来也没有事情，所以就又昏昏沉沉的睡着了。非常不安稳的睡眠，大约隔一二分钟就要惊醒一次，在半睡半醒的中间，看见的尽是些前后不接的离奇的幻梦。我看见已故的父亲，在我的前头跑，也看见庙里的许多塑像，在放开脚步走路，又看见和月英两个人在水边上走路，月英忽而跌入了水里。直到旅馆的茶房，进房搬中饭脸水来的时候，我总算完全从睡眠里脱了出来。

头脑的昏痛，比前更加厉害了，鼻孔里虽则呼吸不自在，然而呼出来的气，只觉得烧热难受。

茶房叫醒了我，撩开帐子来对我一望，就很惊恐似的叫我说：

“王先生！你的脸怎么会红得这样？”

我对他说，好像是发烧了，饭也不想吃，叫他就把手巾打一把给我。他介绍了许多医生和药方给我，我告诉他现在还想不吃药，等晚上再说。我的和他说话的声气也变了，仿佛是一面敲破的铜锣，在发哑声，自家听起来，也有点觉得奇异。

他走出去后，我把帐门钩起，躺在枕上看了一看斜射在格子窗上的阳光，听了几声天井角上一棵老树上的小鸟的鸣声，头脑倒觉得清醒了一点。可是想起了昨天的事情，又有点糊涂懵懂，和谢月英的一道出去，上塔看江，和戏院内的种种情景，上面都像有一层薄纱蒙着似的，似乎是几年前的事情。咳嗽了一阵，想伸出头去吐痰，把眼睛一转，我却看见了昨天月英买的那一包材料，还搁在我的枕头边上。

比较得清楚地，再把昨天的事情想了一遍，我又不知几时昏昏的睡着了。

在半醒半睡的中间，我听见有人在外边叫门。起来开门出去，却看见谢月英含了微笑，说要出去。我硬是不要她出去，她似乎已经是属于我的人了。她就变了脸色，把嘴唇突了起来，我不问皂白，就一个嘴巴打了过去。她被我打后，转身就往外跑。我也拼命的在后边追。外边的天气，只是暗暗的，仿佛是十三四的晚上，月亮被云遮住的暗夜的样子。外面也清静得很，只有她和我两个在静默的长街上跑。转弯抹角，不知跑了多少时候，前面忽而来了一个人不是人、猿不像猿的野兽。这野兽的头包在一块黑布里，身上什么也不穿，可是长得一身的毛。它让月英跳过去后，一边就扑上我的身来。我死劲地挣扎了一回，大声的叫了几声，张开眼睛来一看，月英还是静悄悄的坐在我的床面前。

“啊！你还好么？”我擦了一擦眼睛，很急促地问了她一声。身上脸上，似乎出了许多冷汗，感觉得异常的不舒服。她慢慢的朝了转来，微笑着问我说：

“王先生，你刚才做了梦了吧？我听你在呜呜的叫着呢！”我又举起眼睛来看了看房内的光线，和她坐着的那张靠桌摆着的方椅，才把刚才的梦境想了过来，心里着实觉得难以为情。完全清醒了以后，我就半羞半喜地问她什么时候进这房里来的？她们的病好些了么？接着就告诉她，我也感冒了风寒，今天不愿意起来了。

“你的那块缎子，”我又继续着说，“你这块缎子，我昨天本想送过来的，可是怕被她们看见了要说话，所以终于不敢进来。”

“嗳嗳，王先生，真对不起，昨儿累你跑了那么些个路，今天果然跑出病来了。我刚才问茶房来着，问他你的住房在哪一个地方，他就说你病了。觉得很难受么？”

“谢谢，这一忽儿觉得好得多了，大约也是伤风罢。刚才才出了一身汗，发烧似乎不发了。”

“大约是这一忽儿的流行病罢，姥姥她们也就快好了，王先生，你要不要那一种白药片儿吃？”

“是阿斯必淋片不是？”

“好像是的，反正是吃了要发汗的药。”

“那恐怕是的，你们若有，就请给我一点，回头我好叫茶房照样的去买。”

“好，让我去拿了来。”

“喂，喂，你把这一包缎子顺便拿了去吧！”

她出去之后，我把枕头上罩着的一块干毛巾拿了起来，向头上身上盗汗未干的地方擦了一擦，神志清醒得多了。可是头脑总觉得空得很，嘴里也觉得很淡很淡。

月英拿了阿斯必淋片来之后，又坐落了，和我谈了不少的天。到此我才晓得她是李兰香的表妹，是皖北的原籍，像生长在天津的。陈莲奎本来是在天津搭班的时候的同伴，这一回因为在汉口和恩小枫她们合不来伙，所以应了这儿的约，三个人一道拆出来上A地来的。包银每人每月贰百块。那姥姥是她们——李兰香和她——的已故的师傅的女人，她们自己的母亲——老姊妹两人，还住在天津。另外还有一个管杂务等的总管，系住在安乐园内的，是陈莲奎的养父，她们三人的到此地来，亦系由他一个人介绍交涉的，包银之内他要拿去二成。她们的合同，本来是三个月的期限，现在园主因为卖座卖得很多，说不定又要延长下去。但她很不愿意在这小地方久住，也许到了年底，就要和李兰香上北京去的，因为北京民乐茶园也在写信来催她们去合班。

在苦病无聊的中间，听她谈了些这样的天，实在比服药还要有效，到了短日向晚的时候，我的病已经有一大半忘记了。

听见隔墙外的大挂钟堂堂的敲了五点，她也着了急，一边立起来走，一边还咕噜着说：

“这天真黑得快，你瞧，房里头不已经有点黑了么？啊啊，今天的废话可真说得太久了，王先生，你总不至于讨嫌吧？明儿见！”

我要起来送她出门，她却一定不许我起来，说：

“您躺着吧，睡两天病就可以好的，我有空再来瞧你。”

她出去之后，房里头只剩了一种寂寞的余温和将晚的黑影，我虽则躺在床上，心里却也感到了些寒冬日暮的悲哀。想勉强起来穿衣出去，但门外头的冷空气实在有点可怕，不得已就只好合上眼睛，追想了些她今天说话时的神情风度，来伴我的孤独。

她今天穿的，是一件酱色的棉袄，底下穿的，仍复是那条黑的大脚棉裤。头部半朝着床前，半侧着在看我壁上用图钉钉在那里的许多外国画片。我平时虽在戏台上看她的面形看得很熟，但在这样近的身边，这样仔细长久的得看她卸装后的素面，这却是第一回。那天晚上在她们房里，因为怕羞的原故，不敢看她，昨天在塔上，又因为大自然的烟景迷人，也没有看她仔细，今天的半天观察，可把她面部的特征都读得烂熟了。

她的有点斜挂上去的一双眼睛，若生在平常的妇人的脸上，不免要使人感到一种淫艳恶毒的印象。但在她，因为鼻梁很高，在鼻梁影下的两只眼底又圆又黑的原故，看去觉得并不奇特。尤其是可以融和这一种感觉的，是她鼻头下的那条短短的唇中，和薄而且弯的两条嘴唇，说话的时候，时时会露出她的那副又细又白的牙齿来。张口笑的时候，左面犬齿里的一个半藏半露的金牙，也不使人讨嫌。我平时最恨的是女人嘴里的金牙，以为这是下劣的女性的无趣味的表现，而她的那颗深藏不露的金黄小齿，反足以增加她嬉笑时的妩媚。从下嘴唇起，到喉头的几条曲线，看起来更耐人寻味，下嘴唇下是一个很柔很曲的新月形，喉头是一柄圆曲的镰刀背，两条同样的曲线，配置得很适当的重叠在那里。而说话的时候，这镰刀新月线上，又会起水样的微波。

她的说话的声气，绝不似一个会唱皮簧的歌人，因为声音很纾缓，很幽闲，一句话和一句话的中间，总有一脸微笑，和一眼斜视的间隔。你听了她平时的说话，再想起她在台上唱快板时的急律，谁也会惊异起来，觉得这二重人格，相差太远了。

经过了这半天的昵就，又仔细观察了她这一番声音笑貌的特征，我胸前伏着的一种艺术家的冲动，忽而激发了起来。我一边合上双眼，在追想她的全体的姿势所给与我的印象，一边心里在决心，想于下次见她面的时候，要求她为我来坐几次，我好为她画一个肖像。

电灯亮起来了，远远传过来的旅馆前厅的杂沓声，大约是开晚饭的征候。我今天一天没有取过饮食，这时候倒也有点觉得饥饿了，靠起身坐在被里，放了我叫不响的喉咙叫了几声，打算叫茶房进来，为我预备一点稀饭，这时候隔墙的那架挂钟，已经敲六点了。

六

本来以为是伤风小病，所以药也不服，万想不到到了第二天的晚上，体热又忽然会增高来的。心神的不快，和头脑的昏痛，比较第一日只觉得加重起来，我自家心里也有点惧怕。

这一天是星期六，安乐园照例是有日戏的，所以到吃晚饭的时候止，谢月英也没有来看我一趟。我心里虽则在十二分地希望她来坐在我的床边陪我，然而一边也在原谅她，替她辩解，昏昏沉沉的不晓睡到了什么时候了。我从睡梦中听见房门开响。

挺起了上半身，把帐门撩起来往外一看，黄冷的电灯影里，我忽然看见了谢月英的那张长圆的笑脸，和那小白脸的陈君的脸相去不远。她和他都很谨慎地怕惊醒我的睡梦似的在走向我的床边来。

“喔，戏散了么？”我笑着问他们。

“好久不见了，今晚上上这里来。听月英说了，我才晓得了你的病。”

“你这一向上什么地方去了？”

“上汉口去了一趟。你今天觉得好些么？”我和陈君在问答的中间，谢月英尽躲在陈君的背后在凝视我的被体热蒸烧得水汪汪的两只眼睛。我一边在问陈君的话，一边也在注意她的态度神情。等我将上半身伏出来，指点桌前的凳子请他们坐的时候，她忽而忙着对我说：

“王先生，您睡罢，天不早了，我们明天日里再来看你。您别再受上凉，回头倒反不好。”说着她就翻转身轻轻地走了，陈君也说了几句套话，跟她走了出去。这时候我的头脑虽已热得昏乱不清，可是听了她的那句“我们明天日里再来看你”的“我们”，和看了陈君跟她一道走出房门去的样子，心里又莫名其妙的起了一种怨愤，结果弄得我后半夜一睡也没有睡着。

大约是心病和外邪交攻的原因，我竟接连着失了好几夜的眠，体热也老是不退。到了病后第五日的午前，公署里有人派来看我的病了。他本来是一个在会计处办事的人，也是父执舒的一位远戚。看了我的消瘦的病容，和毫没有神气的对话，他一定要我去进病院。

这A城虽则也是一个省城，但病院却只有由几个外国宣教师所立的一所。这所病院地处在A城的东北角一个小高岗上，几间清淡的洋房，和一丛齐云的古树，把这一区的风景，烘托得简洁幽深，使人经过其地，就能够感出一种宗教气味来。那一位会计科员，来回往复费了半日的工夫，把我的身体就很安稳地放置在圣保罗病院的一间特等房的床上了。

病房是在二层楼的西南角上，朝西朝南，各有两扇玻璃窗门，开门出去，是两条直角相遇的回廊。回廊槛外，西面是一个小花园，南面是一块草地，沿边种着些外国梧桐，这时候树叶已经凋落，草色也有点枯黄了。

进病院之后的三四天内，因为热度不退，终日躺在床上，倒也没有感到病院生活的无聊。到了进院后将近一个礼拜的一天午后，谢月英买了许多水果来看了我一次之后，我身体也一天一天的恢复原状起来，病院里的生活也一天一天的觉得寂寞起来了。

那一天午后，刚由院长的汉医生来诊察过，他看看我的体温表，听听我胸前背后的呼吸，用了不大能够了解的中国话对我说：

“我们，要恭贺你，恭贺你不久，就可以出去这里了。”

我问他可不可以起来坐坐走走，他说：“很好很好。”我于他出去之后，就叫看护生过来扶我坐起，并且披了衣裳，走出到玻璃门口的一张躺椅上坐着，在看回廊栏杆外面树梢上的太阳。坐了不久，就听见楼下有女人在说话，仿佛是在问什么的样子。我以病人的纤敏的神经，一听见就直觉的知道这是来看我的病的，因为这时候天气凉冷，住在这一所特等病房里的病人没有几个，我所以就断定这一定是来看我的。不等第二回的思索，我就叫看护生去打个招呼，陪她进来。等到来一看，果然是她，是谢月英。

她穿的仍复是那件外国呢的长袍，颈项上围着一块黑白的丝围巾，黑绒的鸭舌帽底下，放着闪闪的两眼，见了我的病后的衰容，似乎是很惊异的样子。进房来之后，她手里捧着了一大包水果，动也不动的对我呆看了几分钟。

“啊啊，真想不到你会上这里来的！”我装着笑脸，举起头来对她说。

“王先生，怎么，怎么你会瘦得这一个样儿！”她说这一句话的时候，脸上的那脸常漾着的微笑也没有了，两只眼睛，尽是直盯在我的脸上。像这一种严肃的感伤的表情，我就是在戏台上当她演悲剧的时候，也还没有看见过。

我朝她一看，为她的这一种态度所压倒，自然而然的也收起了笑容，噤住了说话，对她看不上两眼，眼里就扑落落地滚下了两颗眼泪来。

她也呆住了，说了那一句感叹的话之后，仿佛是找不着第二句话的样子。两人沉默了一会，倒是我觉得难过起来了，就勉强的对她说：

“月英！我真对你不起。”

这时候看护生不在边上，我说着就摇摇颤颤的立起来想走到床上去。她看了我的不稳的行动，就马上把那包水果丢在桌上，跑过来扶我。我靠住了她的手，一边慢慢的走着，一边断断续续的对她说：

“月英！你知不知道，我这病，这病的原因，一半也是，也是为了你呀！”

她扶我上了床，帮我睡进了被窝，一句话也不讲的在我床边上坐了半天。我也闭上了两眼，朝天的睡着，一句话也不愿意讲，而闭着的两眼角上，尽在流冰冷的眼泪。这样的沉默了不知多少时候，我忽而脸上感到了一道热气，接着嘴唇上，身体上就来了一种重压。我和麻醉了似的，从被里伸出了两只手来，把她的头部抱住了。

两个紧紧的抱着吻着，我也不打开眼睛来看，她也不说一句话，动也不动的又过了几分钟，忽而门外面脚步声响了。再拼命的吸了她一口，我就把两手放开，她也马上立起身来很自在的对我说：

“您好好地保养罢，我明儿再来瞧你。”

等看护生走到我床面前送药来的时候，她已经走出房门，走在回廊上了。

自从这一回之后，我便觉得病院里的时刻，分外的悠长，分外的单调。第二天等了她一天，然而她终于不来，直到吃完晚饭以后，看见寒冷的月光，照到清淡的回廊上来了，我才闷闷的上床去睡觉。

这一种等待她来的心思，大约只有热心的宗教狂者，盼望基督再临的那一种热望，可以略比得上。我自从她来过后的那几日的情意，简直没有法子能够形容出来。但是残酷的这谢月英，我这样热望着的这谢月英，自从那一天去后，竟绝迹的不来了。一边我的病体，自从她来了一次之后，竟恢复得很快，热退后不上几天，就能够吃两小碗的干饭，并且可以走下楼来散步了。

医生许我出院的那一天早晨，北风刮得很紧，我等不到十点钟的会计课的出院许可单来，就把行李等件包好，坐在回廊上守候。捱一刻如一年的过了四五十分钟，托看护生上会计课去催了好几次，等出院许可单来了，我就和出狱的罪囚一样，三脚两步的走出了圣保罗医院的门，坐人力车到大新旅馆门口的时候，我像同一个女人约定密会的情人赶赴会所去的样子，胸腔里心脏跳跃得厉害，开进了那所四十八号房，一股密闭得很久的房间里的闷气，迎面的扑上我的鼻来，茶房进来替我扫地收拾的中间，我心里虽则很急，但口上却吞吞吐吐的问他，“后面的谢月英她们起来了没有？”他听了我的问话，地也不扫了，把屈了的腰伸了一伸，仰起来对我说：

“王先生，你大约还没有晓得吧？这几天因为谢月英和陈莲奎吵嘴的原因，她们天天总要闹到天明才睡觉，这时候大约她们睡得正热火哩！”

我又问他，她们为什么要吵嘴。他歪了一歪嘴，闭了一只眼睛，作了一副滑稽的形容对我说：

“为什么呢！总之是为了这一点！”

说着，他又以左手的大指和二指捏了一个圈给我看。依他说来，似乎是为了那小白脸的陈君。陈君本来是捧谢月英的，但是现在不晓怎么的风色一转，却捧起陈莲奎来了。前几天，陈君为陈莲奎从汉口去定了一件绣袍来，这就是她们吵嘴的近因。听他的口气，似乎这几天谢月英的颜色不好，老在对人说要回北京去，要回北京去。可是合同的期限还没有满，所以又走不脱身。听了这一番话，我才明白了前几天她上病院里来的时候的脸色，并且又了解了她所以自那一天后，不再来看我的原因。

等他扫好了地，我简单把房里收拾了一下，心里忐忑不定地朝桌子坐下来的时候，桌上靠壁摆着的一面镜子，忽而毫不假借地照出了我的一副清瘦的相貌来。我自家看了，也骇了一跳。我的两道眉毛，本来是很浓厚美丽的，而在这一次的青黄的脸上竖着，非但不能加上我以些须男性的美观，并且在我的脸上影出了一层死沉沉的阴气。眼睛里的灼灼的闪光，在平时原可以表示一种英明的气概的，可是在今天看起来，仿佛是特别的在形容颜面全部的没有生气了。鼻下嘴角上的胡影，也长得很黑，我用手去摸了一摸，觉得是杂杂粒粒的有声音的样子。失掉了第二回再看一眼的勇气，我就立起身来把房门带上，很急的出门雇车到理发铺里去。

理完了发，又上公署前的澡堂去洗了一个澡，看看太阳已经直了，我也便不回旅馆，上附近的菜馆去喝了一点酒，吃了一点点心，有意的把脸上醉得微红。我不待酒醒，就急忙的赶回到旅馆里来。进旅馆后，正想走进自己的房里去再对镜看一看的时候，那茶房却迎了上来，又歪了歪嘴，含着有意的微笑对我说：

“王先生，今天可修理得很美了。后面的谢月英也刚起来吃过了饭，我告诉她以你的回来，她也好像急急乎要见你似的。哼，快去快去，快把这新修的白面去给她看看！”

我被他那么一说，心里又喜又气，在平时大约要骂他几句，就跑回到房里去躲藏着，不敢再出来的，可是今天因为那几杯酒的力量，竟把我的这一种羞愧之心驱散，朝他笑了一脸，轻轻骂了一句“混蛋”，也就公然不客气地踏进了里进的门，去看谢月英去了。

七

进了谢月英她们的房里去一看，她们三人中间的空气，果然险恶得很。那一回和陈君到她们房里来的时候，我记得她们是有说有笑，非常融和快乐的，而今朝则月英还是默默地坐在那里托姥姥梳辫，陈莲奎背朝着床外斜躺在床上。李兰香一个人呆坐在对窗的那张床沿上打呵欠，看见我进去了，倒是她第一个立起来叫我，陈莲奎连身子也不朝过来。我看见了谢月英的梳辫的一个侧面，心里已经是混乱了，嘴里虽则在和李兰香攀谈些闲杂的天，眼睛却尽在向谢月英的脸上偷看。

我看见她的侧面上，也起了一层红晕，她的努力侧斜过来的视线，也对我笑了一脸。

和李兰香姥姥应答了几句，等我坐定了一忽，她的辫子也梳好了。回转身来对我笑了一脸，她第一句话就说：

“王先生，几天不看见，你又长得那么丰满了，和那一天的相儿，要差十岁年纪。”

“嗳嗳，真对不起，劳你的驾到病院里来看我，今天是特地来道谢的。”

那姥姥也插嘴说：

“王先生，你害了一场病，倒漂亮得多了。”

“真的么！那么让我来请你们吃晚饭罢，好作一个害病的纪念。”

我问她们几点钟到戏园里去，谢月英说今晚上她因为嗓子不好想告假。

在那里谈这些闲话的中间，我心里只在怨另外的三人，怨她们不识趣，要夹在我和谢月英的中间，否则我们两人早好抱起来亲一个嘴了。我以眼睛请求了她好几次，要求她给我一个机会，好让我们两个人尽情地谈谈衷曲。她也明明知道我这意思，可是和顽强不听话的小孩似的，她似乎故意在作弄我，要我着一着急。

问问她们的戏目，问问今天是礼拜几，我想尽了种种方法，才在那里勉强坐了二三十分钟，和她们说了许多前后不接的杂话，最后我觉得再也没有话好说了，就从座位里立了起来，打算就告辞出去。大约谢月英也看得我可怜起来了，她就问我午后有没有空，可不可以陪她出去买点东西。我的沉下去的心，立时跳跃了起来，就又把身子坐下，等她穿换衣服。

她的那件羊皮袄，已经做好了，就穿了上去。底下穿的，也是一条新做的玄色大绸的大脚棉裤。那件皮袄的大团花的缎子面子，系我前次和她一道去买来的，我觉得她今天的特别要穿这件新衣，也有点微妙的意思。

陪她在大街上买了些化妆品类，毫无情绪地走了一段，我就提议请她去吃饭，先上一家饭馆去坐它一两个钟头，然后再着人去请李兰香她们来。我晓得公署前的一家大旅馆内，有许多很舒服的房间，是可以请客坐谈的，所以就和她走转了弯，从三牌楼大街，折向西去。

上大旅馆去择定了一间比较宽敞的餐室，我请她上去，她只在忸怩着微笑，我倒被她笑得难为情起来了，问她是什么意思。她起初只是很刁乖的在笑，后来看穿了我的真是似乎不懂她的意思，她等茶房走出去之后，才走上我身边来拉着我的手对我说：

“这不是旅馆么？男女俩，白天上旅馆来干什么？”

我被她那么一说，自家觉得也有点不好意思，可是因为她说话的时候，眼角上的那种笑纹太迷人了，就也忘记了一切，不知不觉的把两手张开来将她的上半身抱住。一边抱着，一边我们两个就自然而然地走向上面的炕上去躺了下来。

几分钟的中间，我的身子好像掉在一堆红云堆里，把什么知觉都麻醉尽了。被她紧紧地抱住躺着，我的眼泪尽是止不住的在涌流出来。她和慈母哄孩子似的一边哄着，一边不知在那里幽幽的说些什么话。

最后的一重关突破了，我就觉得自己的一生，今后是无论如何和她分离不开了，我的从前的莫名其妙在仰慕她的一种模糊的观念，方才渐渐的显明出来，具体化成事实的一件一件，在我的混乱的脑里旋转。

她诉说这一种艺人生活的苦处，她诉说A城一班浮滑青年的不良，她诉说陈莲奎父女的如何欺凌侮辱她一个人，她更诉说她自己的毫无寄托的半生。原来她的母亲，也是和她一样的一个行旅女优，谁是她的父亲，她到现在还没有知道。她从小就跟了她的师傅在北京天津等处漂流。先在天桥的小班里吃了五六年的苦，后来就又换上天津来登场。她师傅似乎也是她母亲的情人中的一个，因为当他未死之前，姥姥是常和她母亲吵嘴相打的。她师傅死后的这两三年来，她在京津汉口等处和人家搭了几次班，总算博了一点名誉，现在也居然能够独树一帜了，她母亲和姥姥等的生活，也完全只靠在她一个人的身上。可是她只是一个女孩子，这样的被她们压榨，也实在有点不甘心。况且陈莲奎父女，这一回和她寻事，姥姥和李兰香胁于陈老头儿的恶势，非但不出来替她说一句话，背后头还要来埋怨她，说她的脾气不好。她真不想再过这样的生活了，想马上离开A地到别处去。

我被她那么的一说，也觉得气愤不过，就问她可愿意和我一道而去。她听了我这一句话，就举起了两只泪眼，朝我呆视了半天，转忧为喜的问我说：

"真的么？"

"谁说谎来？我以后打算怎么也和你在一块儿住。"

"那你的那位亲戚，不要反对你么？"

"他反对我有什么要紧。我自问一个人就是离开了这里，也尽可以去找事情做的。"

"那你的家里呢？"

"我家里只有我的一个娘，她跟我姊姊住在姊夫家里，用不着我去管的。"

"真的么？真的么？那我们今天就走罢！快一点离开这一个害人的地方。"

“今天走可不行，哪里有那么简单，你难道衣服铺盖都不想拿了走么？”

“几只衣箱拿一拿有什么？我早就预备好了。”我劝她不要那么着急，横竖是预备着走，且等两三天也不迟，因为我也要向那位父执去办一个交涉。这样的谈谈说说，窗外头的太阳，已经斜了下去，市街上传来的杂噪声，也带起向晚的景象来了。

那茶房仿佛是经惯了这一种事情似的，当领我们上来的时候，起了一壶茶，打了两块手巾之后，一直到此刻，还没有上来过。我和她站了起来，把她的衣服辫发整了一整，拈上了电灯，就大声地叫茶房进来，替我们去叫菜请客。

她因为已经决定了和我出走，所以也并不劝止我的招她们来吃晚饭。可是写请客单子写到了陈莲奎的名字的时候，她就变了脸色叱着说：

“这一种人去请她干吗！”

我劝她不要这样的气量狭小，横竖是要走了，大家欢聚一次，也好留下纪念。一边我答应她于三天之内，一定离开A地。

这样的两人坐着在等她们来的中间，她又跑过来狂吻了我一阵，并且又切切实实地骂了一阵陈莲奎她们的不知恩义。等不上三十分钟，她们三人就一道的上扶梯来了。

陈莲奎的样子，还是淡淡漠漠的，对我说了一声“谢谢”，就走往我们的对面椅子上去坐下了。姥姥和李兰香，看了谢月英的那种喜欢的样子，也在感情上传染了过去，对我说了许多笑话。

吃饭喝酒喝到六点多钟，陈莲奎催说要去要去，说了两次。谢月英本说要想临时告假的，但姥姥和我，一道地劝她勉强去应酬一次，若要告假，今晚上去说，等明天再告假不迟。结果是她们四人先回大新旅馆，我告诉她们今晚上想到衙门去一趟办点公事，所以就在公署前头和她们分了手。

从黑阴阴的几盏电灯底下，穿过了三道间隔得很长的门道，正将走到办公室中去的时候，从里面却走出了那位前次送我进病院的会计科员来。他认明是我，先过来拉了我的手向我道贺，说我现在的气色很好了。我也对他说了一番感谢的意思，并且问他省长还在见客么！他说今天因为有一所学校，有事情发生了，省长被他们学生教员纠缠了半天，到现在还没有脱身。我就问他可不可以代我递一个手折给他，要他马上批准一下。他问我有什么事情，我就把在此地仿佛是水土不服，想回家去看一看母亲，并且若有机会，更想到外洋去读几年书，所以先想在这里告一个长假，临去的时候更要预支几个月薪水，要请他马上批准发给我才行等事情说了一说。我说着他就引我进去见了科长，把前情转告了一遍。科长听了，也不说什么，只教我上电灯底下去将手折缮写好来。

我在那里端端正正地写了一个多钟头，正将写好的时候，窗外面一声吆喝，说：“省长来了。”我正在喜欢这机会来得凑巧，手折可以自家亲递给他了，但等他进门来一见，觉得他脸上的怒气，似乎还没有除去。他对科长很急促地说了几句话后，回头正想出去的时候，眼睛却看见了在旁边端立着的我。问了我几句关于病的闲话，他一边回头来又问科长说：

“王咨议的薪水送去了没有？”

说着他就走了。那最善逢迎的科长，听了这一句话，就当作了已经批准的面谕一样，当面就写了一张支票给我。

我拿了支票，写了一张收条，和手折一同留下，临走时并且对他们谢了一阵，出来走上寒空下的街道的时候，心里又莫名其妙地起了一种感慨。我觉得这是我在A城衙门口走着的最后一次了，今后的飘泊，不知又要上什么地方去寄身。然而一想到日里的谢月英的那一种温存的态度，和日后的能够和她一道永住的欢情，心里同时又高兴了起来。

故意人力车也不坐，我慢慢地走着，一边在回想日里的事情，一边就在打算如何的和谢月英出奔，如何的和她偷上船去，如何的去度避世的生活，一种喜欢作恶的小孩子的爱秘密的心理，使我感到了加倍的浓情，加倍的满足。我觉得世界上的幸福，将要被我一个人来享尽的样子。

八

萧条的寒雨，凄其滴答，落满了城中。黄昏的灯火，一点一点的映在空街的水潴里，仿佛是泪人儿神瞳里的灵光。以左手张着了一柄洋伞，右手紧紧地抱住月英，我跟着前面挑行李的夫子，偷偷摸摸，走近了轮船停泊着的江边。

这一天午后，忙得坐一坐，说一句话的工夫都没有，乘她们三人不在的中间，先把月英的几只衣箱，搬上了公署前的大旅馆内。问定了轮船着岸的时刻，我便算清了大新旅馆的积账，若无其事的走出上大旅馆去。和月英约好了地点，叫她故意示以宽舒的态度，和她们一道吃完晚饭，等她们饭后出去，仍复上戏园去的时候，一个人悠悠自在的走出到大街上来等候。

我押了两肩行李，从省署前的横街里走出，在大街角上和她合成了一块。

因为路上怕被人瞥见，所以洋伞擎得特别的低，脚步也走得特别的慢，到了江边码头船上去站住，料理进舱的时候，我的额上却急出了一排冷汗。

嗡嗡扰扰，码头上的人夫的怒潮平息了。船前信号房里，丁零零零下了一个开船的命令，水夫在呼号奔走，船索也起了旋转的声音，汽笛放了一声沉闷的大吼。

我和她关上了舱门，向小圆窗里，头并着头的朝岸上看了些雨中的灯火，等船身侧过了A城市外的一条横山，两人方才放下了心，坐下来相对着作会心的微笑。

“好了！”

“可不是么！真急死了我，吃晚饭的时候，姥姥还问我明天上不上台哩！”

“啊啊，月英……”

我叫还没有叫完，就把身子扑了过去，两人抱着吻着摸索着，这一间小小的船舱，变了地上的乐园，尘寰的仙境，弄得连脱衣解带，铺床叠被的余裕都没有。船过大通港口的时候，我们的第一次的幽梦，还只做了一半。

说情说意，说誓说盟，又说到了“这时候她们回到了大新旅馆，不晓得在那里干什么？”“那小白脸的畜生，好抱了陈莲奎在睡觉了罢？”“那姥姥的老糊涂，只配替陈莲奎烧烧水的。”我们的兴致愈说愈浓，不要说船窗外的寒雨，不能够加添我们的旅愁，即便是明天天会不亮，地球会陆沉，也与我们无干无涉。我只晓得手里抱着的是谢月英的养了十八年半的丰肥的肉体，嘴上吮吸着的，是能够使凡有情的动物都会风魔麻醉的红艳的甜唇，还有底下，还有底下……啊啊，就是现在教我这样的死了，我的二十六岁，也可以算不是白活。人家只知道是千金一刻，呸呸，就是两千金，万万金，要想买这一刻的经验，也哪里能够?

那一夜，我们似梦非梦，似睡非睡地闹到天亮，方才抱着了合了一合眼。等轮船的机器声停住，窗外船沿上人声嘈杂起来的时候，听说船已经到了芜湖了。

上半天云停雨停，风也毫末不起，我和她只坐在船舱里从那小圆窗中在看江岸的黄沙枯树，天边的灰云层下，时时有旅雁在那里飞翔。这一幅苍茫黯淡的野景，非但不能够减少我们闲眺的欢情，我并且希望这轮船老是在这一条灰色的江上，老是像这样的慢慢开行过去，不要停着，不要靠岸，也不要到任何的目的地点，我只想和她，和谢月英两个，尽是这样的漂流下去，一直到世界的尽头，一直到我俩的从人世中消灭。

江行如梦，通过了许多曲岸的芦滩，看见了一两堆临江的山寨，船过采石矶头，已经是午后的时刻了。茶房来替我们收拾行李，月英大约是因为怕被他看出是女伶的前身，竟给了他五块钱的小账。

从叫嚣杂乱的中间，我俩在下关下了船。因为自从那一天决定出走到如今，我和她都还没有工夫细想到今后的处置，所以诸事不提暂且就到瀛台大旅社去开了一个临江的房间住下。

这是我和她在岸上旅馆内第一次的同房，又过了荒唐的一夜。第二天天放晴了，我们睡到吃中饭的时候，方才蓬头垢面的走出床来。

她穿了那件粉红的小棉袄，在对镜洗面的时候，我一个人穿好了衣服鞋袜，仍复仰躺在波纹重叠的那条被上，茫茫然在回想这几天来的事情的经过。一想到前晚在船舱里，当小息的中间，月英对我说的那句“这时候她们回到了大新旅馆，不晓得在那里干什么？”的时候，我的脑子忽然清了一清，同喝醉酒的人，忽然吃到了一杯冰淇淋一样，一种前后联络，理路很清的想头，就如箭也似的射上我的心来了。我急遽从床上立了起来，突然的叫了一声：

“月英！”

“喔唷，我的妈吓，你干吗？骇死我啦！”

“月英，危险危险！”

她回转头来看我尽是对她张大了两眼在叫危险危险，也急了起来，就收了脸上的那脸常在漾着的媚笑催着我说：

“什——么吓？你快说啊！”

我因为前后连接着的事情很多，一句话说不清楚，所以愈被她催，愈觉得说不出来，又叫了一声“危险危险”。她看了我这一副空着急而说不出话来的神气，忽而哺的一声笑了出来，一只手里还拿着那块不曾绞干的手巾，她忽而笑着跳着，走近了我的身边，抱了我的头吻了半天，一边吻一边问我，究竟是为了什么？

“喂，月英，你说她们会不会知道你是跟了我跑的？”

“知道了便怎么啦？”

“知道了她们岂不是要来追么？”

“追就由她们来追，我自己不愿意回去，她们有什么法子？”

“那就多么麻烦哩！”

“有什么麻烦不麻烦，我反正不愿意随她们回去！”

“万一她们去告警察呢！”

“那有什么要紧？她们能够管我么？”

“你老说这些小孩子的话，我可就没有那么简单，她们要说我拐了你走了。”

“那我就可以替你说，说是我跟你走的。”

“总之，事情是没有那么简单，月英，我们还得想一个法子才行。”

“好，有什么法子你想罢！”

说着她又走回到镜台前头去梳洗去了。我又躺了下去，呆呆想了半天，等她在镜子前头自己把半条辫子梳好的时候，我才坐起来对她说：

“月英，她们发现了你我的逃走，大约总想得到是坐下水船上这里来的，因为上水船要到天亮边才过A地，并且我们走的那一天，上水船也没有。”

她头也不朝转来，一边梳着辫，一边答应了我一声“嗯”。

“那么她们若要赶来呢，总在这两天里了。”

“嗯。”

“我们若住在这里，岂不是很危险么？”

“嗯，你底下名牌上写的是什么名字？”

“自然是我的真名字。”

“那叫他们去改了就对了啦！”

“不行不行！”

“什么不行哩？”

“在这旅馆里住着，一定会被她们瞧见的，并且问也问得出来。”

“那我们就上天津去罢！”

“更加不行。”

“为什么更加不行哩？”

“你的娘不在天津么？她们在这里找我们不着，不也就要追上天津去的么？经她们四五个人一找，我们哪里还躲得过去？”

“那你说怎么办哩？”

“依我吓，月英，我们还不如搬进城去罢。在这儿店里，只说是过江去赶火车去的，把行李搬到了江边，我们再雇一辆马车进城去，你说怎么样？”

“好罢！”

这样的决定了计划，我们就开始预备行李了。两人吃了一锅黄鱼面后，从旅馆里出来把行李挑上江边的时候，太阳已经斜照在江面的许多桅船汽船的上面。午后的下关，正是行人拥挤，满呈着活气的当儿。前夜来的云层，被阳光风势吞没了去，清淡的天空，深深的覆在长江两岸的远山头上。隔岸的一排洋房烟树，看过去像西洋画里的背景，只剩了狭长的一线，沉浸在苍紫的晴空气里。我和月英坐进了一辆马车，打仪凤门经过，一直地跑进城去，看看道旁的空地疏林，听听车前那只瘦马的得得得得有韵律的蹄声，又把一切的忧愁抛付了东流江水，眼前只觉得是快乐，只觉得是光明，仿佛是走上了上天的大道了。

九

进城之后，最初去住的，是中正街的一家比较得干净的旅馆。因为想避去和人的见面，所以我们拣了一间那家旅馆的最里一进的很谨慎的房间，名牌上也写了一个假名。

把衣箱被铺布置安顿之后，几日来的疲倦，一时发足了，那一晚，我们晚饭也不吃，太阳还没有落尽的时候，月英就和我上床去睡了。

快晴的天气，又连续了下去，大约是东海暖流混入了长江的影响吧，当这寒冬的十一月里，温度还是和三月天一样，真是好个江南的小春天气。进城住下之后我们就天天游逛，夜夜欢娱，竟把人世的一切经营俗虑，完全都忘掉了。

有一次我和她上鸡鸣寺去，从后殿的楼窗里，朝北看了半天斜阳衰草的玄武湖光。从古同泰寺的门楣下出来，我又和她在寺前寺后台城一带走了许多山路。正从寺的西面走向城堞上去的中间，我忽而在路旁发见了一口枯草丛生的古井。

“啊！这或者是胭脂井罢！”

我叫着就拉了她的手走近了井栏圈去。她问我什么叫胭脂井，我就同和小孩子说故事似的把陈后主的事情说给她听：

“从前哪，在这儿是一个高明的皇帝住的，他相儿也很漂亮，年纪也很轻，做诗也做得很好。侍候他的当然有许多妃子，可是这中间，他所最爱的有三四个人。他在这儿就造了许多很美很美的宫殿给她们住。万寿山你去过了吧？譬如同颐和园一样的那么的房子，造在这儿，你说好不好？”

“那自然好的。”

“嗳，在这样美，这样好的房子里头啊，住的尽是些像你——”

说到了这里，我就把她抱住，咬上她的嘴去。她和我吮吸了一回，就催着说：

“住的谁呀？”

“住的啊，住的尽是些像你这样的小姑娘——”我又向她脸上摘了一把。

“她们也会唱戏的么？”

这一问可问得我喜欢起来了，我抱住了她，一边吻一边说：

“可不是么？她们不但唱戏，还弹琴舞剑，做诗写字来着。”

“那皇帝可真有福气！”

“可不是么？他一早起来呀，就这么着一边抱一个，喝酒，唱戏，做诗，尽是玩儿。到了夜里哩，大家就上火炉边上去，把衣服全脱啦，又是喝酒，唱戏的玩儿，一直的玩到天明。”

“他们难道不睡觉的么？”

“谁说不睡来着，他们在玩儿的时候，就是在那里睡觉的呀！”

“大家都在一块儿的？”

“可不是么？”

“她们倒不怕羞？”

“谁敢去羞她们？这是皇帝做的事情，你敢说一句么？说一句就砍你的脑袋！”

“啊唷喝！”

“你怕么？”

“我倒不怕，可是那个皇帝怎么会那样能干儿？整天的和那么些个姑娘们睡觉，他倒不累么？”

“他自然是不累的，在他底下的小百姓可累死了。所以到了后来吓——”

“后来便怎么啦？”

“后来么，自然大家都起来反对他了啦，有一个韩擒虎带了兵就杀到了这里来。”

“可是南阳关的那个韩擒虎？”

“我也不知道，可是那韩擒虎杀到了这里，他老先生还在和那些姑娘们喝酒唱戏哩！”

“啊唷！”

“韩擒虎来了之后，你猜那些妃子们就怎么办啦？”

“自然是跟韩擒虎了啦！”

我听了她这一句话，心口头就好像被钢针刺了一针，噤住了不说下去，我却张大了眼对她呆看了许多时候，她又哄笑了起来，催问我：“后来怎么啦？”我实在没有勇气说下去了，就问她说：

“月英！你怎么会腐败到这一个地步？”

“什么腐败呀？那些妃子们干的事情，和我有什么相干？”

“那些妃子们，却比你高得多，她们都跟了皇帝跳到这一口井里去死了。”

她听了我的很坚决的这一句话，却也骇了一跳，“啊——吓”的叫了一声，撇开了我的围抱住她的手，竟踉踉跄跄地倒退了几步，离开了那个井栏圈，向后跑了。

我追了上去，又围抱住了她，看了她那惊恐的相貌，便也不知不觉的笑了起来，轻轻的慰扶着她的肩头对她说：

“你这孩子！在这样的青天白日的底下，你还怕鬼么？并且那个井还不知道是不是胭脂井哩！”

像这样的野外游行，自从我们搬进城去以后，差不多每天没有息过。南京的许多名山胜地如燕子矶、明孝陵、扫叶楼、莫愁湖等处，简直处处都走到了，所以觉得时间过去得很快，在城里住了一个多礼拜，只觉得是过了二天三天的样子。

到了十一月也将完了的几天前，忽然吹来了几阵北风，阴森的天气，连续了两天，旧历的十二月初一，落了一天冷雨，到半夜里，就变了雪珠雪片了。

我们因为想去的地方都已经去过了，所以就在房里生了一盆炭火，打算以后就闭门不出，像这样的度过这个寒冬。头几天，为了北风凉冷，并且房里头炭火新烧，两个人围炉坐坐谈谈，或在被窝里歇歇午觉，觉得这室内的生活，也非常的有趣。可是到了五六天之后，天气老是不晴，门外头老是走不出去，月英自朝到晚，一点儿事情也没有，只是缩着手坐着，打着呵欠，在那里呆想，我看过去，她仿佛是在感着无聊的样子。

我所最怕看的，是她于午饭之后，呆坐在围炉边上，那一种拖长的冷淡的脸色。叫她一声，她当然还是装着微笑，抬起头来看我，可是她和我上船前后的那一种热情的紧张的表情，一天一天的稀薄下去了。

尤其是上床和我睡觉的时候，从前的那种燃烧，那种兴奋，那种热力，变成了一种做作的、空虚的低调和播动。我在船上看见的她那双黑宝石似的放光的眼睛，和她的同起了剧烈的痉挛似的肢体，不知消散到哪里去了。

我当阴沉的午后，在围炉边上，看她呆坐在那里，心里就会焦急起来，有一次我因为隐忍不过去了，所以就叫她说：

“月英吓！你觉得无聊得很罢？我们出去玩儿去罢？”

她对我笑着，回答我说：

“天那么冷，出去干吗？倒还不如在房里坐着烤火的好。这样下雨的天，上什么地方去呢？”

我闷闷的坐着，一个人就想来想去的想，想想出一个法子来使她高兴。晚上又只好老早地上床，和她胡闹了一晚，一边我又在想各种可以使她满足的方法。

第二天早晨她还睡在那里的时候，我一个人爬出了床，冒了寒风微雨，上大街上去买了一架留声机器来。

买的片子，当然都是合她的口味的片子，以老谭、汪雨田等的为主，中间也有几张刘鸿声、孙菊仙、汪笑侬的。

这一种计策，果然成功了，初买来的两天之中，她简直一停也不停地摇转了两天。到了第三天，她要我跟了片子唱，我以粗笨的喉音，不合拍的野调，竟哄她笑了一天。后来到了我也唱得有点合拍起来的时候，她却听厌了似的尽在边上袖手旁观，只看我拼命的在那里摇转，拼命的在那里跟唱。有的时候，当唱片里的唱音很激昂的高扬一次之后，她虽然也跟着把那颓拖下去的句子唱一二句，可是前两天的她那一种热情，又似乎没有了。

在玩这留声机器的把戏的当中，天气又变了晴正。寒气减退了下去，日中太阳出来的中间，刮风的时候很少，我们于日斜的午后，有时也上夫子庙前或大街上去走走。这一种街市上的散步，终究没有野外游行的有趣，大抵不过坐了黄包车去跑一两个钟头，回来就顺便带一点吃的物事和新的唱片回来，此外也一无所得。

过了几天，她脸上的那种倦怠的形容，又复原了，我想来想去，就又想出了一个方法来，就和她一道坐轻便火车出城去到下关去听戏。

下关的那个戏园，房屋虽则要比A地的安乐园新些，可是唱戏的人，实在太差了，不但内行的她，有点听不进去，就是不十分懂戏的我，听了也觉得要身上起粟。

我一共和她去了两趟，看了她临去的时候的兴高采烈，和回来的时候的意气消沉，心里又觉得重重的对她不起，所以于第二次自下关回来的途中，我因为想对她的那种萎靡状态，给一点兴奋的原因，就对她说了一句笑话：

“月英，这儿的戏实在太糟了，你要听戏，我们就上上海去罢，到上海去听它两天戏来，你说怎么样？”

这一针兴奋针，实在打得有效，她的眼睛里，果然又放起那种射人的光来了。在灰暗的车座里，她也不顾旁边的有人没有人，把屁股紧紧的向我一挤，一只手又狠命地捏了我一把，更把头贴了过来，很活泼的向我斜视着，媚笑着，轻轻的但又很有力量的对我说：

“去罢，我们上上海去住它两天罢，一边可以听戏，一边也可以去买点东西。好，决定了，我们明天的早车就走。”

这一晚我总算又过了沉醉的一晚，她也回复了一点旧时的热意与欢情，因为睡觉的时候，我们还在谈着大都会的舞台里的名优的放浪和淫乱。

十

第二天又睡到日中才起来，她也似乎为前夜的没有节制的结果乏了力，我更是一动也不愿意动。

吃了午饭，两人又只是懒洋洋的躺着，不愿意起身，所以上海之行，又延迟了一日。

晚上临睡的时候，先和茶房约定，叫他于火车开前的一个半钟头就来叫醒我们，并且出城的马车，也叫他预先为我们说好。

月英的性急，我早已知道了，又加以这次是上上海去的寻快乐的旅行，所以于早晨四点钟的时候，她就发着抖，起来在电灯底下梳洗，等她来拉我起来的时候，东天也已经有点茫茫的白了。

忍了寒气，从清冷的长街上被马车拖出城来，我也感到了一种鸡声茅店的晓行的趣味。

买票上车，在车上也没有什么障碍发生，沿火车道两旁的晴天野景，又添了我们许多行旅的乐趣。车过苏州城外的时候，她并且提议，当我们于回去的途中，在苏州也下车来玩它一天，因为前番接连几天在南京的胜地巡游的结果，这些野游的趣味已经在她的脑里留下了很深的印象了。

十二点过后，车到了北站，她虽则已经在上海经过过一次，可是短短的一天耽搁，上海对她，还是同初到上海来的人一样，处处觉得新奇，事事觉得和天津不同。她看见道旁立着的高大的红头巡捕，就在马车里拉了我的手轻轻的对我笑着说：

“这些印度巡捕的太太，不晓得怎么样的？”

我暗暗的在她腿上摘了一把，她倒哈哈的大笑了起来。到四马路一家旅馆里住定了身，我们不等午饭的菜蔬搬来，就叫茶房去拿了一份报来，两人就抢着翻看当日的戏目。因为在南京的时候，除吃饭睡觉外，我们什么报也不看，所以现在上海有哪几个名角在登台，完全是不晓得的。

看报的结果，我们非但晓得了上海各舞台的情形，并且晓得洋冬至已到，大马路四川路口的几家外国铺子，正在卖圣诞节的廉价。月英于吃完午饭之后，就要我陪她去买服饰用品去，我因为到上海来一看，看了她的那种装饰，也有点觉得不大合时宜了，所以马上就答应了她，和她一道出去。

在大马路上跑了半天，结果她买了一顶黑绒的法国女帽，和四周有很长很软的鸵鸟毛缝在那里的北欧各国女人穿的一件青呢外套。因为她的身材比外国女人矮小，所以在长袍子上穿起来，这外套正齐到脚背。她的高高的鼻梁，和北方人里面罕有的细白的皮色上，穿戴了这些外国衣帽，看起来的确好看，所以我就索性劝她买买周全，又为她买了几双肉色的长统丝袜和一双高底的皮鞋。穿高底皮鞋，这虽还是她的第一次，但因为舞台上穿高底靴穿惯的原因。她穿着答答的在我前头走回家来，觉得一点儿也没有不自然，一点儿也没有勉强的地方。

这半天来的购买，我虽则花去了一百多块钱，可是看了她很有神气的在步道上答答的走着，两旁的人都回过头来看她的光景，我心坎里也感到了不少的愉快和得意。她自己更加不必说了，我觉得自从和她出奔以后，除了船舱里的一天一晚不算外，她的像这样喜欢满足的样子，这要算是第一次。

我和她走回旅馆里来的时候，旅馆里的茶房，也看得奇异起来了，他打脸汤水来之后，呆立着看了一忽对我说：

“太太穿外国衣服的时候真好看！”

我听了这一句话，心里更是喜欢得不得了，所以于茶房走出去后，就扑上她的身去，又和她吻了半天。

匆忙吃了一点晚饭，我先叫茶房去丹桂第一台定了两个座儿，晚饭后，又叫茶房去叫了梳头的人来，为月英梳了一个上海正在流行的头。

我们进戏院去的时候，时间虽则还早，但座儿差不多已经满了。幸而是先叫茶房来打过招呼的，我们上楼去问了案目，就被领到了第一排的花楼去就座。这中间月英的那双答答的高底皮鞋又出了风头，前后的看戏者的眼睛，一时都射到她的身上脸上来，她和初出台被叫好的时候一样，那双灵活的眼睛，也对大家扫了一扫，我看了她脸上的得意的媚笑，心里同时起了一种满足的嫉妒的感情。

那一晚最叫座的戏，是小楼的《安天会》，可是不懂戏的上海的听者，看小楼和梅兰芳下台之后，就纷纷的散了。在这中间，因为花楼的客座里起了动摇，池子里的眼睛，一齐转向了上来，我觉得这许多眼睛，似乎多在凝视我们，在批评我和美丽的月英的相称不相称。一想到此我倒也觉得有点难以为情，觉得脸上仿佛也红了一红。

戏散之后，我们上酒馆去吃了一点酒菜点心，从寒冷空洞，有许多电灯照着的长街上背月走回旅馆来，路上也遇见了许多坐包车的高等妓女。我私下看看她们，又回头来和月英一比，觉得月英的风格要比她们高出数倍。

到了旅馆里，我洗了手脸，觉得一天的疲倦，都积压上来了，所以不等着月英，就先上床睡去。后来月英进被来摇我醒来，已经是在我睡了一觉之后，我看了她的灵闪的眼睛，知道她还没有睡过。“可怜你这乡下小丫头，初到城里来见了这繁华世界，就兴奋到这一个地步！”我一边这样的取笑她，一边就翻身转来，压上她的身去。

在上海住了三天，小楼等的戏接连听了两晚，到了第三天的早晨，我想催她回南京去了，可是她还似乎没有看足，硬要我再住几天。

我们就一天换一个舞台的更听了几天。是决定明天一定要回南京去的前一夜，因为月色很好，我就和她走上了×世界的屋顶，去看上海的夜景。

灯塔似的S.W.两公司的尖顶，照耀在中间，附近尽是些黑黝黝的屋瓦和几条纵横交错的长街。满月的银光，寒冷皎洁的散射在这些屋瓦长街之上。远远的黄浦滩头，有几处高而且黑的崛起的屋尖，像大海里的远岛，在指示黄浦江流的方向。

月英登了这样的高处，看了这样的夜景，又举起头来看看千家同照的月华，似乎想起了什么心事，在屋顶上动也不动，响也不响的立了许多时候。我虽则捏了她的手，站在她的边上，但从她的那双凝望远处的视线看来，她好像是已经把我的存在忘记了的样子。

一阵风来，从底下吹进了几声哀切的弦管声音到我们的耳里，她微微的抖了一抖，我就用一只手拍上她的肩头，一只手围抱着她说：

“月英！我们下去罢，这儿冷得很。底下还有坤戏哩，去听她们一听，好么？”

寻到了楼下的坤戏场里，她似乎是想起了从前在舞台上的时候的荣耀的样子，脸上的筋肉，又松懈欢笑了开来。本来我只想走一转就回旅馆去睡的，可是看了她的那种喜欢的样儿，又不便马上就走，所以就捱上台前头去拣了两个座位来坐下。

戏目上写在那里的，尽是些胡子的戏，我们坐下去的时候，一出半武场的《别窑》刚下台，底下是《梅龙镇》了，扮正德的戏单上的名字是小月红。她看了这名字，用手向月字上一指，对我笑着说：

“这倒好像是我的师弟。”

等这小月红上台的时候，她用两手把我的手捏了一把，身子伏向前去，脱出了两只眼睛，看了个仔细，同时又很惊异的轻轻叫了一声：

“啊，这不是夏月仙么？”

她的这一种惊异的态度，触动了四边看戏的人的好奇心，大家都歪了头，朝她看起来了，因而台上的小月红，也注意到了她。小月红的脸上，也一样的现了一种惊异的表情，向我们看了几眼，后来她们俩居然微微的点头招呼起来了。

她惊喜得同小孩似的把上半身颠了几颠。一边笑着招呼着，一边她捏紧了我的两手尽在告诉我说：

“这夏月仙，是在天桥儿的时候，和我合过班的。真奇怪，真奇怪，她怎么会改了名上这儿来的呢？”

“噢！和你合过班的？真是他乡遇故知了，你可以去找她去。等她下台的时候，你去找她去罢！”

我也觉得奇怪起来，奇怪她们这一次的奇遇，所以又问她说：

“你说在天桥儿的时候是和她在一道的，那不已经是四五年前的事情了么？”

“可不是么？怕还不止四五年来着。”

“倒难得你们都还认得！”

“她简直是一点儿也没有改，还是那么小个儿的。”

“那么你自己呢？”

“那我可不知道。”

“大约总也改不了多少罢？她也还认得你。可是，月英，你和我的在一块儿，被她知道了，会不会有什么事情出来？”

“不碍，不碍，她从前和我是很要好的，教她不说，她决不会说出去的。”

这样的谈着笑着，她那出《梅龙镇》也竟演完了。我就和月英站了起来，从人丛中挤出，绕到后台房里去看夏月仙去。月英进后台房去的时候，我立在外面候着，听见几声她俩的惊异的叫声。候了不久，那卸装的小月红，就穿着一件青布的罩袍，后面跟着一个跟包的小女孩，和月英一道走出台房来了。

走到了我的面前，月英就嬉笑着为我们两个介绍了一下。

我因为和月英的这一番结识的结果，胆子也很大了，所以就叫月英请小月红到我们的旅馆里去坐去。出了×世界的门，她就和小月红坐了一乘车，我也和那跟包的小孩合坐了一乘车，一道的回到旅馆里来。

十一

那本名夏月仙的小月红，相貌也并不坏，可是她那矮小的身材，和不大说话，老在笑着的习惯，使我感到了一层畏惧。匆匆在旅馆里的一夕谈话，我虽看不出她的品性思虑来，可是和月英高谈一阵之后，又戚促戚促地咬耳朵私笑的那种行为，我终竟有点心疑。她坐了二十多分钟，我请她和那跟包的小孩吃了些点心，就告辞走了。月英因此奇遇，又要我在上海再住一天，说明天早晨，她要上夏月仙家去看她，中午更想约她来一道吃饭。

第二天午前，太阳刚晒上我们的那间朝东南的房间窗上，她就起来梳了一个头。梳洗完后，她因为我昨夜来的疲劳未复，还不容易起来，所以就告诉我说，她想一个人出去，上夏月仙家去。并且拿了一枝笔过来，要我替她在纸上写一个地名，好叫人看了，教她的路。夏月仙的住址，是爱多亚路三多里的十八号。

她出去之后，房间里就静悄悄地死寂了下去。我被这沉默的空气一压，心里就感到了一种莫名其妙的恐怖，“万一她出去了之后，就此不回来了，便怎么办呢？”因为我和她，在这将近一个月的当中，除上便所的时候分一分开外，行住坐卧，一刻也没有离开过。今朝被她这么的一去，起初还带有几分游戏性质的这一种幻想，愈想愈觉得可能，愈觉得可怕了。本来想乘她出去的中间，安闲的睡它一觉的，然而被这一个幻想来一搅，睡魔完全被打退了。

“不会的，不会的，哪里会有这样的事情呢？”像这样的自家宽慰一番，自笑自的解一番嘲，回头那一个幻想又忽然会变一个形状，很切实的很具体的迫上心来。在被窝里躺着，像这样的被幻想扰恼，横竖是睡不着觉的，并且自月英起来以后，被窝也变得冰冷冰冷了，所以我就下了一个决心，走出床来，起来洗面刷牙。

洗刷完后，点心也不想吃，一个人踱着坐着，也无聊赖，不得已就叫茶房去买了一份报来读。把国内外的政治电报翻了一翻，眼睛就注意到了社会记事的本埠新闻上去。拢总只有半页的这社会新闻里，“背夫私逃”“叔嫂通奸”“下堂妾又遇前夫”等关于男女奸情的记事，竟有四五处之多。我一条一条的看了之后，脑里的幻想，更受了事实的衬托，渐渐儿的带起现实味来了。把报纸一丢，我仿佛是遇了盗劫似的帽子也不带便赶出了门来。出了旅馆的门，跳上了门前停在那里兜买卖的黄包车，我就一直的叫他拉上爱多亚路的三多里去。可是拉来拉去，拉了半天，他总寻不到这三多里的方向。我气得急了，就放大了喉咙骂了他几句，叫他快拉上×世界的附近去。这时在太阳光底下来往的路人很多，大约我脸上的气色有点不对吧，擦过的行人，都似乎在那里对我凝视。好容易拉到了×世界的近旁，向行人一问，果然知道了三多里就离此不远了。

到了三多里的那条狭小的弄堂门口，我从车上跳了下来。

一边喘着气，按着心脏的跳跃，一边又寻来寻去的寻了半天第十八号的门牌。

在一间一楼一底的龌龊的小楼房门口，我才寻见了两个淡黑的数目18，字写在黄沙粉刷的墙上。急急的打门进去，拉住了一个开门出来的中老妇人，我就问她："这儿可有一个姓夏的人住着？"她坚说没有。我问了半天，告诉她这姓夏的是女戏子，是在×世界唱戏的，她才点头笑说："你问的是小月红罢？她住在二楼上，可是我刚看见她同一位朋友走出去了。"我急得没法，就问她："楼上还有人么？"她说："她们是住在亭子间里的，和小月红同住的，还有一位她的师傅和一个小女孩的妹妹。"

我从黝黑的扶梯弄里摸了上去，向亭子间的朝扶梯开着的房门里一看，果然昨天那小女孩，还坐在对窗的一张小桌子边上吃大饼。这房里只有一张床，灰尘很多的一条白布帐子，还放落在那里。那小女孩听见了我的上楼来的脚步声音，就掉过头来，朝立在黑暗的扶梯跟前的我睇视了一回，认清了是我，她才立起来笑着说：

"姊姊和谢月英姊姊一道出去了，怕是上旅馆里去的，您请进来坐一忽儿罢！"

我听了这一句话，方才放下了心，向她点了一点头，旋转身就走下扶梯，奔回到旅馆里来。

跑进了旅馆门，跑上了扶梯，上我们的那间房门口去一看，房门还依然关在那里，很急促地对拿钥匙来开门的茶房问了一声："女人回来了没有？"茶房很悠徐地回答说，"太太还没有回来。"听了他这一句话，我的头上，好像被一块铁板击了一下。叫他仍复把房门锁上，我又跳跑下去，到马路上去无头无绪的奔走了半天。走到S公司的面前，看看那个塔上的大钟，长短针已将叠住在十二点钟的字上了，只好又同疯了似的走回到旅馆里来。跑上楼去一看，月英和夏月仙却好端端的坐在杯盘摆好的桌子面前，尽在那里高声的说笑。

“啊！你上什么地方去了？”

我见了月英的面，一种说不出来的喜欢和一种马上变不过来的激情，只冲出了这一句问话来，一边也在急喘着气。

她看了我这感情激发的表情，止不住的笑着问我说：

“你怎么着？为什么要跑了那么快？”

我喘了半天的气，拿出手帕来向头上脸上的汗擦了一擦，停了好一会，才回复了平时的态度，慢慢的问她说：

“你上什么地方去了？我怕你走失了路，出去找你来着。月英啊月英，这一回我可真上了你的当了。”

“又不是小孩子，会走错路走不回来的。你老爱干那些无聊的事情。”

说着她就斜嗔了我一眼，这分明是卖弄她的媚情的表示，到此我们三人才合笑起来了。

月英叫的菜是三块钱的和菜，也有一斤黄酒叫在那里，三个人倒喝了一个醉饱。夏月仙因为午后还要去上台，所以吃完饭后就匆匆的走了。我们告诉她搭明天的早车回南京去，她临走就说明儿一早就上北站来送我们。

下午上街去买了些香粉雪花膏之类的杂用品后，因为时间还早，又和月英上半淞园去了一趟。

半淞园的树木，都已凋落了，游人也绝了迹。我们进门去后，只看见了些坍败的茶棚桥梁，和无人住的空屋之类。在水亭里走了一圈，爬上最高的假山亭去的中间，月英因为着的是高底鞋的原因，在半路上绊跌了一次，结果要我背了似的扶她上去。

毕竟是高一点儿的地方多风，在这样阳和的日光晒着的午后，高亭上也觉得有点冷气逼人。黄浦江的水色，金黄映着太阳，四边的芦草滩弯曲的地方，只有静寂的空气，浮在那里促人的午睡。西北面老远的空地里，也看得见一两个人影，可是地广人稀，仍复是一点儿影响也没有。黄浦江里，远远的更有几只大轮船停着，但这些似乎是在修理中的破船，烟囱里既没有烟，船身上也没有人在来往，仿佛是这无生的大物，也在寒冬的太阳光里躺着，在那里假寐的样子。

月英向周围看了一圈，听枯树林里的小鸟宛转啼叫了两三声，面上表现着一种枯寂的形容，忽儿靠上了我的身子，似乎是情不自禁的对我说：

“介成！这地方不好，还没有×世界的屋顶上那么有趣。看了这里的景致，好像一个人就要死下去的样子，我们走罢。”

我仍复扶背了她，走下那小土堆来。更在半淞园的土山北面走了一圈，看了些枯涸了的同沟儿似的泥河和几处不大清洁的水渚，就和她走出园来，坐电车回到了旅馆。

若打算明天坐早车回南京，照理晚上是应该早睡的，可是她对上海的热闹中枢，似乎还没有生厌，吃了晚饭之后，仍复要我陪她去看月亮，上×世界去。

我也晓得她的用意，大约她因为和夏月仙相遇匆匆，谈话还没有谈足，所以晚上还想再去见她一面，这本来是很容易的事情，我所以也马上答应了她，就和她买了两张门票进去。

晚上小月红唱的是《珠帘寨》里的配角，所以我们走走听听，直到十一点钟才听完了她那出戏。戏下台后，月英又上后台房去邀了她们来，我们就在×世界的饭店里坐谈了半点多钟，吃了一点酒菜，谈次并且劝小月红明天不必来送。

月亮仍旧是很好，我们和小月红她们走出了×世界叙了下次再会的约话，分手以后，就不坐黄包车，步行踏月走了回来。

月英俯下头走了一程，忽而举起头来，眼看着月亮，嘴里却轻轻的对我说：

"介成，我想……"

"你想怎么啦？"

"我想，……我们，我们像这样的下去，也不是一个结局，……"

"那怎么办呢？"

"我想若有机会，仍复上台去出演去。"

"你不是说那种卖艺的生活，是很苦的么？"

"那原是的，可是像现在那么的闲荡过去，也不是正经的路数。况且……"

我听到了此地，也有点心酸起来了。因为当我在A地于无意中积下来一点贮蓄，和临行时向A省公署里支来的几个薪水，也用得差不多了，若再这样的过去一月，那第二个月的生活就要发生问题，所以听她讲到了这一个人生最切实的衣食问题，我也无话可说，两人都沉默着，默默的走了一段路。等将到旅馆门口的时候，我就靠上了她的身边，紧紧捏住了她的手，用了很沉闷的声气对她说：

“月英，这一句话，让我们到了南京之后，再去商量罢。”

第二天早晨我们虽则没有来时那么的兴致，但是上了火车，也很满足的回了南京，不过车过苏州，终究没有下车去玩。

十二

从上海新回到南京来的几日当中，因为那种烦剧的印象，还粘在脑底，并且月英也为了新买的衣裳用品及留声机器唱片等所惑乱，旁的思想，一点儿也没有生长的余地，所以我们又和上帝初创造我们的时候一样，过了几天任情的放纵的生活。

几天过后，月英更因为想满足她那一种女性特有的本能，在室内征服了我还不够，于和暖晴朗的午后，时时要我陪了她上热闹的大街上，或可以俯视钓鱼巷两岸的秦淮河上的茶楼去显示她的新制的外套，新制的高跟皮鞋，和新学来的化妆技术。

她辫子不梳了，上海正在流行的那一种匀称不对、梳法奇特的所谓维奴斯——爱神——头，被她学会了。从前面看过去，左侧有一剪头发蓬松突起，自后面看去，也没有一个突出的圆球，只是稍为高一点的中间，有一条斜插过去的深纹的这一种头，看起来实在也很是好看。尤其是当外国女帽除下来后，那一剪左侧的头发，稍微下向，更有几丝乱发，从这里头拖散下来的一种风情，我只在法国的画集里，看见过一两次，以中国的形容词来说，大约只有“太液芙蓉未央柳”的一句古语，还比较得近些。

本来对东方人的皮肤是不大适合的一种叫“亚媲贡”的法国香粉，淡淡地扑上她的脸上，非但她本来的那种白色能够调活，连两颊的那种太姣艳的红晕，也受了这淡红带黄的粉末的辉映，会带起透明的情调来。

还有这一次新买来的黛螺，用了小毛刷上她的本来有点斜挂上去的眉毛上，和黑子很大的鼻底眼角上一点染，她的水晶晶的两只眼睛，只教转动一动，你就会从心底里感到一种要耸起肩骨来的凉意。

而她的本来是很曲很红的嘴唇哩，这一回又被她发现了一种同郁金香花的颜色相似的红中带黑的胭脂。这一种胭脂用在那里的时候，从她口角上流出来的笑意和语浪，仿佛都会带着这一种印度红的颜色似的。你听她讲话，只须看她的这两条嘴唇的波动，即使不听取语言的旋律，也可以了解她的真意。

我看了她这种种新发明的装饰，对她的肉体的要求，自然是日渐增高，还有一种从前所没有的即得患失的恐怖，更使我一刻也不愿意教她从我的怀抱里撕开，结果弄得她反而不能安居室内，要我跟着她日日的往外边热闹的地方去跑。

在人丛中看了她那种满足高扬，处处撩人的样子，我的嫉妒心又自然而然的会从肚皮里直沸起来，仿佛是被人家看一眼她身上的肉就要少一块似的。我老是上前落后的去打算遮掩她，并且对了那些饿狼似的道旁男子的眼光，也总装出很凶猛的敌对样子来反抗。而我的这一种嫉妒，旁人的那一种贪视，对她又仿佛是有很大的趣味似的，我愈是坐立不安的要催她回去，旁人愈是厚颜无耻的对她注视，她愈要装出那一种媚笑斜视和挑拨的举动来，增进她的得意。

我的身体，在这半个月中间，眼见得消瘦了下去，并且因为性欲亢进的结果，持久力也没有了。

有一次也是晴和可爱的一天午后，我和她上桃叶渡头的六朝揽胜楼去喝了半天茶回来。因为内心紧张，嫉妒激发的原因，我一到家就抱住了她，流了一脸眼泪，尽力的享受了一次我对她所有的权利。可是当我精力耗尽的时候，她却幽闲自在，毫不觉得似的用手向我的头发里梳插着对我说：

“你这孩子，别那么疯，看你近来的样子，简直是一只疯狗。我出去走走有什么？谁教你心眼儿那么小？回头闹出病来，可不是好玩意儿。你怕我怎么样？我到现在还跑得了么？”

被她这样的慰抚一番，我的对她的所有欲，反而会更强起来，结果又弄得同每次一样，她反而发生了反感，又要起来梳洗，再装刷一番，再跑出去。

跑出去我当然是跟在她的后头，旁人当然又要来看她，我的嫉妒当然又不会止息的。于是晚上就在一家菜馆里吃晚饭，吃完晚饭回家，仍复是那一种激情的骤发和筋肉的虐使。

这一种状态，循环往复的日日继续了下去，我的神经系统，完全呈出一种怪现象来了。

晚上睡觉，非要紧紧的把她抱着，同怀胎的母亲似的把她整个儿的搂在怀中，不能合眼，一合眼去，就要梦见她的弃我而奔，或被奇怪的兽类，挟着在那里奸玩。平均起来，一天一晚，像这样的梦，总要做三个以上。

此外还有一件心事。

一年的岁月，也垂垂晚了，我的一点积贮和向A省署支来的几百块薪水，算起来，已经用去了一大半以上，若再这样的过去，非但月英的欲望，我不能够使她满足，就是食住，也要发生问题。去找事情哩，一时也没有眉目，况且在这一种心理状态之下，就是有了事情，又哪里能够安心的干下去?

这一件心事，在嫉妒完时，在乱梦觉后，也时时罩上我的心来，所以到了阴历十二月的底边，满城的炮竹，深夜里正放得热闹的时候，我忽然醒来，看了伏在我怀里睡着，和一只小肥羊似的月英的身体，又老要莫名其妙地扑落扑落地滚下眼泪来，神经的弱衰，到此已经达到了极点了。

一边看看月英，她的肉体，好像在嘲弄我的衰弱似的，自从离开A地以后，愈长愈觉得丰肥鲜艳起来了。她的从前因为熬夜不睡的原因，长得很干燥的皮肤，近来加上了一层油润，摸上去仿佛是将手浸在雪花膏缸里似的，滑溜溜的会把你的指头腻住。一头头发，也因为日夕的梳篦和香油香水等的灌溉，晚上睡觉的时候，散乱在她的雪样的肩上背上，看起来像鸦背的乌翎，弄得你止不住的想把它们含在嘴里，或抱在胸前。

年三十的那一天晚上，她说明朝一早，就要上庙里去烧香，不准我和她同睡。并且睡觉之前，她去要了一盆热水来，要我也和她一道洗洗干净。这一晚，总算是我们出走以来，第一次的和她分被而卧，前半夜我翻来覆去，怎么也睡不安稳。向她说了半天，甚至用了暴力把她的被头掀起，我想挤进去，挤进她的被里去，但她拼死的抵住，怎么也不答应我。后来弄得我的气力耗尽，手脚也软了，才让她一个人睡在外床，自己只好叹一口气，朝里床躺着，闷声不响，装作是生了气的神情。

我在睡不着装生气的中间，她倒嘶嘶的同小孩子似的睡着了。我朝转来本想乘其不备，就爬进被去的，可是看了她那脸和平的微笑，和半开半闭的眼睛，我的卑鄙的欲念，仿佛也受了一个打击。把头移将过去，只在她的嘴上轻轻的吻了一吻，我就为她的被盖了盖好，因而便好好的让她在做清净的梦。

我守着她的睡态，想着我的心事，在一盏黄灰灰的电灯底下，在一年将尽的这残夜明时，不知不觉，竟听它敲了四点，敲了五点，直到门外街上有人点放开门炮的早晨。

是几时睡着的，我当然不知道，睡了多少时候，我也没有清楚，可是眼睛打开来一看，我只觉得寂静的空气，围在我的四周，寂静，寂静，寂静，连门外头的元日的太阳光，都似乎失掉了生命的样子。

我惊骇起来了，跳出床来一看，火盆里的炭，也已烧残了八九，只有许多雪白雪白的灰，还散积在盆的当中，一个铁杆的三脚架上，有一锅我天天早晨起来喜欢吃的莲子炖在那里。回头向四边更仔细的一看，桌子上也收拾得干干净净，和平时并没有什么分别。再把她的镜箱盒子的抽斗抽将开来一看，里面的梳子篦子和许多粉盒粉扑之类，都不见了，下层盒里，我只翻出了一张包莲子的黄皮纸来。我眼睛里生了火花，在看那几行粗细不匀，歪斜得同小孩子写的一样的字的时候，一声绝叫，在喉咙头咽住，我的全身的血液，都像是凝结住了。

介成，我想走，上什么地方，可还不知道。你不用来追我，我随身只带了你的那只小提包。衣服之类，全还没有动，钱也只拿了五十块。你爱吃的那碗莲子，我给你烤在火上，你自己的身体要小心保养。月英

“啊啊！她走了，她果然走了！”

这样的想了一想，我的断绝了联络的知觉，又重新恢复了转来，一股同蒸气似的酸泪，直涌了出来。我踉跄往后退了几步，倒在外床她叠好在那里的那条被上。两手紧紧抱着了这一条被，我哭着哭着哭着，哭了一个尽情。

眼泪流干了，胸中也觉得宽畅了一点的时候，我又立了起来，把房里的东西检点了一检点。可是拿着了她曾经用过的东西，把一场一场的细节回想起来，刚止住的眼泪又不自禁地流下来了。一边流着眼泪，一边我看出了她当走的时候东西果真一点儿也没有拿去。

除了我和她这一回在上海买的一只手提皮箧，及二三件日用的衣服器具外，她的衣箱，她的铺盖，都还好好地放在原处。

一串钥匙，她为我挂在很容易看见的衣钩上，我的一只藏钞票洋钱的小皮箧，她开了之后，仍复为我放在箱子盖上，把内容一看，外层的十几块现洋和三四张十元的钞票她拿走了，里层的一本邮政储金的簿子和一张汇丰银行的五十元钞票，仍旧剩在那里。

我急忙开房门出去一看，看见院子里的太阳还是很高，放了溺竭的喉咙，我就拼命的叫茶房进来。

茶房听了我着急的叫声，跑将进来对我一看，也呆住了，问我有什么事情，我想提起声来问他，她是什么时候走的，可是眼泪却先湿了我的喉咙。茶房也看出的我的意思，就也同情我似的柔声告我说：

“太太今天早晨出去的时候，就告诉我说，‘你好好的侍候老爷，我要上远处去一趟来。现在老爷还睡着哪，你别惊醒了他。若炭火熄了，再去添上一点。莲子也炖上了，小心别让它焦。’只这么几句话。我问她什么时候回来，她说没有准儿。有什么事情了么？”

“她，她，是什么时候走的？”

“很早哩！怕还没有到九点。”

“现在，现在是什么时候了？”

“三点还没有到罢！”

“好，你，你去倒一点洗脸水来给我。”

茶房出去之后，我就又哭着回到了房里，呆呆对她的箱子看了半天，我心上忽儿闪过了一道光明的闪电。

“她又不是死了，哭她干吗？赶紧追上去，追上去去寻着她来，反正她总还走得不远的。去，马上去，去追罢。”

我想到了这里，心里倒宽起来了。收住了眼泪，把翻乱的衣箱等件叠回原处之后，我挺起身来，把衣服整了一整，一边捏紧了拳头向胸前敲了几下，一边自己就对自己起了一个誓：

“总之我在这世界上活着一天，我就要寻她一天。无论如何，我总要去寻她着来！”

十三

门外头是一派快晴的新年气象。

长街上的店门，都贴满了春联，也有半天的，有的完全关在那里。来往的行人，全穿了新制的马褂袍子，也有拱手在道贺的。

鼓乐声，爆竹声，小孩的狂噪声，扑面的飞来，绝似夏天的急雨。这中间还有抄牌喊赌的声音。毕竟行人比平时要少，清冷的街上，除了几个点缀春景的游人而外，满地只是烧残了的爆竹红尘。

我张了两只已经哭红了的倦眼，踉跄走出了旅馆的门，就上马车行去雇马车去。但是今天是正月初一，马夫大家在休息着，没有人肯出来拖我去下关。最后就没有法子，只好以很昂的价，坐了一乘人力车出城。

太阳已经低斜下去了，出了街市的尽处，那条清冷的路上，竟半天遇不着一个行人，一辆车子。

将晚的时候，我的车到了下关车站，到卖票房去一看，门关得紧紧，站上的人员，都已去喝酒打牌去了。我以最谦恭的礼貌，对一位管杂役的站员，行了一个鞠躬礼，央求他告诉我今天上天津或上海去的火车有没有了。

他说今天是元旦，上上海和上天津的火车，都只有早晨的一班。

我又谦声和气，恨不得拜下去似的问他；

“今天早晨的车，是几点钟开的？”

“津浦是六点，沪宁是八点。”

说着他仿佛是很讨厌我的絮烦似的，将头朝向了别处。我又对他行了一个敬礼，用了最和气的声气问他说：

“对不起，真真对不起，劳你驾再告诉我一点，今天上上海去的车上，可有一位戴黑绒女帽，穿外国外套的女客？”

“那我哪儿知道，车上的人多得很哩！”

“对不起，真真对不起，我因为女人今天早晨跑了，——唉——跑了，所以……”

这些不必要的说话，我到此也同乡愚似的说了出来，并且底下就变成了泪声，说也说不下去了。那站员听了我的哭声，对我丢了一眼轻视的眼色，仿佛是把我当作了一个卖哀乞食的恶徒。这时候天已经有点黑了，那站员便走了开去。我不得已也只得一边以手帕擦着鼻涕，一边走出站来。

车站外面，黄包车一乘也没有，我想明天若要乘早车的话，还是在下关过夜的好，所以一边哭着，一边就从锣鼓声里走向了有很多旅馆开着的江边。

江边已经是夜景了，从关闭在那里的门缝里一条一条的有几处露出了几条灯火的光来。我一想起初和月英从A地下来的时候的状况，心里更是伤心，可是为重新回忆的原因，就仍复寻到了瀛台大旅社去住。

宽广空洞的瀛台大旅社里，这时候在住的客人也很少。我住定之后，也不顾茶房的急于想出去打牌，就拉住了他，又问了些和问那站员一样的话。结果又成了泪声，告诉他以女人出走的事情，并且明明知道是不会的，又禁不住地问他今天早晨有没有见到这样这样的一位女人上车。

这茶房同逃也似的出去了之后，我更想起了城里的茶房对我说的话来，今天早晨她若是于八九点钟走出中正街的说话，那她到下关起码要一个钟头，无论如何总也将近十点的时候，才能够到这里，那么津浦车她当然是搭不着的，沪宁车也是赶不上的。啊啊，或者她也还在这下关耽搁着，也说不定，天老爷吓天老爷，这一定是不错的了，我还是在这里寻她一晚罢。想到了这里，我的喜悦又涌上心来了，仿佛是确实知道她在下关的一样。

我饭也不吃，就跑了出来，打算上各家旅馆去，都一家一家的去走寻它遍来。

在黑暗不平的道上走了一段，打开了几家旅馆的门来去寻了一遍，问了一遍，他们都说像这样这样的女人并没有来投宿。他们教我看旅客一览表上的名姓，那当然是没有的，因为我知道她，就是来住，也一定不会写真实的姓名的。

从江边走上了后街，无论大的小的旅馆，我都卑躬屈节地将一样的话问了寻了，结果走了十六七家，仍复是一点儿影响也没有。

夜已经深了，店家大家上门的上门，开赌的开赌，敲年锣鼓的在敲年锣鼓了。我不怕人家的鄙视辱骂，硬的又去敲开门来寻问了几家。有一处我去打门，那茶房非但不肯开门，并且在一个小门洞里简直骂猪骂狗的骂了我一阵。我又以和言善貌，赔了许多的不是，仍复将我要寻问的话，背了一遍给他听，他只说了一声：“没有！”啪哒的一响，很重的就把那小门关上了。

我又走了几处，问了几家，弄得元气也丧尽，头也同分裂了似的痛得不止，正想收住了这无谓的搜寻，走回瀛台旅社来休息的时候，前面忽而来了一辆很漂亮的包车。从车灯光里一看，我看见了同月英一样的一顶黑绒女帽，和一件周围有鸵鸟毛的外套，车上坐着的人的脸还没有看清，那车就跑过去了。我旋转了身，就追了上去，一边更放大了胆，举起我那带泪声的喉音，“月英！月英！”的叫了几声。

前面的车果然停住了，我喜欢得同着了鬼似的跳了起来，马上跳将上去一看，在车座里坐着的，是一个比月英年纪更小，也是很可爱的小姑娘。她分明是应了局回来的妓女，看了我的样子也惊了一跳，我又含泪的向她陪了许多不是，把月英的事情简单的向她说了一说。她面上虽则也像在向我表同情，可是那不做好的车夫，却啐了我一声，又放开大步向前跑走了。

走回到瀛台旅馆里来，已经是半夜了，我一个人翻来覆去，想月英的这回出去，愈想愈觉得奇怪。她若嫌我的没有钱哩，当初就不该跟我。她若嫌我的相儿丑哩，则一直到她出走的时候止，爱我之情是的确有的。况且当初当我和她相识的时候，看她的举动，听她的言语，都不像完全是被动的样子。若说她另外有了情人了哩，则在这一个多月中间，我和她还没有离开一夜过。那个A地的小白脸的陈君哩，从前是和她的确有过关系的，可是现在已经早不在她的心里了，又何至于因此而弃我哩？或者是想起了她在天津的娘了罢？或者是想起了李兰香和那姥姥了罢？但这也不会的，因为本来她对她们就没有什么很深的感情。那么是为了什么呢？为了什么呢？我想来想去，总想不出她的所以要出走的理由来。若硬的要说，或者是她对于那种放荡的女优生活，又眼热起来了，或者是因为我近来过于爱她了。但是不会的，也不会的，对于女优生活的不满意，是她自己亲口和我说的。我的过于爱她，她近来虽则时时有不满意的表示，但世上哪有对于溺爱自己者反加以憎恶的人?

我更想想和她过的这一个多月的性爱生活，想想她的种种热烈的强要我的时候的举动和脸色，想想昨晚上洗身的事情和她的最后的那一种和平的微笑的睡脸，一种不可名状的悲苦，从肚底里一步一步的压了上来，“啊啊，今后是怎么也见她不到了，见她不到了！”这么的一想，我的胸里的苦闷，就变了呜呜的哭声流露了出来。愈想止住发声不哭响来，悲苦愈是激昂，结果一声声的哭声，反而愈大。

这样的苦闷了一晚，天又白灰灰的亮了，车站上机关车回转的声音，也远远传了几声过来，到此我的头脑忽而清了一清。

“究竟怎么办呢?”

若昨晚上的推测是对的话，那说不定她今天许还在南京附近，我只须上车站去等着，等她今天上车的时候，去拉她回来就对了。若她已经是离开了南京的话，那她究竟是上北的呢?下南的呢?正想到了这里，江中的一只轮船，婆婆的放了一声汽笛。

我又昏乱了，因为昨晚上推想她走的时候，我只想到了火车，却没有想到从这里坐轮船，也是可以上汉口，下上海去的。

急忙叫茶房起来，打水给我洗了一个脸，我账也不结，付了他三块大洋，就匆匆跑下楼来，跑上江边的轮船码头去。

上码头船上去一问，舱房里只有一个老头儿躺在床上，在一盏洋油灯底下吸烟。我又千对不起万对不起的向他问了许多话。他说元旦起到初五止是封关的，可是昨天午后有一只因积货迟了的下水船，船上有没有搭客，他却没有留心。

我决定了她若是要走，一定是搭这一只船去的，就谢了那老头儿许多回数，离开了那只码头的趸船。到岸上来静静的一想，觉得还是放心不下，就又和几个早起的工人旅客，走向了西，买票走上那只开赴浦口的联络船去，因为我想万一她昨天不走，那今天总逃不了那六点和八点的两班车的，我且先到浦口去候它一个钟头，再回来赶车去上海不迟。

船起了行，灰暗的天渐渐的带起晓色来了。东方的淡蓝空处，也涌出了几片桃红色的云来，是报告日出的先驱。天上的明星，也都已经收藏了影子，寒风吹到船中，船沿上的几个旅客，一例的喀了几声。我听到了几声从对岸传过来的寒空里的汽笛，心里又着了急，只怕津浦车要先我而开，恨不得弃了那只迟迟前进的渡轮，一脚就跨到浦口车站去。

船到了浦口，太阳起来了，几个萧疏的旅客，拖了很长的影子，从跳板上慢慢走上了岸。我挤过了几组同方向走往车站去的行人，便很急的跑上卖票房前的那个空洞的大厅里去。

大厅上旅客很少，只有几个夫役在那里扫地打水。我抓住了一个穿制服的车站上的役员，又很谦恭的问，他有没有看见这样这样的一个妇人。他把头弯了一弯，想了一想，又摇头说：“没有！”更把嘴巴一举，叫我自家上车厢里去寻寻看。

我一乘一乘，从后边寻到前边，又从前边寻到后面，妇人旅客，只看见了三个。一个是乡下老妇人，一个是和她男人在一道的中年的中产者，分明是坐车去拜年去的，还有一个是西洋人。

呆呆的立在月台上的寒风里，我看见和我同船来的旅客一组一组的进车去坐了，又过了几分钟，唧零零零的一响，火车就开始动了。我含了两包眼泪，在月台上看车身去远了，才走出站来，又走上渡轮，搭回到下关来。

到下关车站，已经是七点多了。究竟是沪宁车，在车站上来往的人也拥挤得很。我买了一张车票进去，先在月台上看来看去的看了半天，有好几次看见了一个像月英的妇人，但赶将上去一看，又落了一个空。

进车之后，我又同在浦口车站上的时候一样，从前到后，从后到前的看了两遍，然而结果，仍旧是同在浦口的时候一样。

这一天车误了点，直到两点多钟才到苏州。在车座里闷坐着，我想的尽是些不吉的想头。因为我晓得她在上海只有一个小月红认识，所以我在我的幻想上，就把小月红当作了一个王婆。我在幻想她如何的为月英拉客，又如何的为月英介绍舞台的老板。又想到了那个和她在一张床上睡的所谓师傅的如何从中取利，更如何的和月英通奸，想到了这里几乎使我从车座里跳了起来。幸而正当我苦闷得最难受的时候，车也到了北站了。我就一直的坐车寻到三多里的小月红家里去。

十四

上海的马路上，也是一样的鼓乐喧天的泛流着一派新年的景象。不过电车汽车黄包车等多了几乘，行人的数目多了一点，其余的样子，店门都关上的街市上的样子，还是和南京一样。

我寻到了爱多亚路的三多里，打开了十八号的门，也忘记了说新年的贺话，一直的就跑上了那间我曾经来过一次的亭子间中。

进去一看，小月红和那小女孩都不在，只有一位相貌狞恶的四十来岁的北佬，穿了一件黑布的羊皮袍子，对窗坐着在拉胡琴。

我对他叙了礼，告诉他以前次来过的谢月英是我的女人。我话还没有说完，他却很惊异的问我说：

“噢，你们还没有回南京去么？”

我又告诉他，回是回去了，可是她又于昨天早晨走了。接着我又问他，她到这里来过没有，并且问小月红有没有晓得，月英究竟是上哪里去的。

他摇摇头说：

“这儿可没有来过，或者小月红知道也未可知，等她回来的时候，让我问问她看。”

我问他小月红上哪里去了，他说她去唱戏，还没有回来。我为了他的这一句“或者小月红知道也未可知”就又充满了希望，笑对他说：

“她大约是在×世界吧？让我上那儿去寻她去。”

他说：

“快是快回来了，可是你去×世界玩玩也好。”他并不晓得我的如落火毛虫一样的焦急，还以为我想去逛×世界，我心里虽则在这么想，但嘴上却很恭敬地和他告了别，走了出来。

毕竟是新年的第二日，×世界的游人，真可以说是满坑满谷。我挤过了许多人，也顾不得面子不面子，竟直接的跑到了后台房里，和守门的人说，一定要见一见小月红。她唱的戏还没有上台，然而头面已经扮缚好了。台房里的许多女孩子，因为我直冲了进去，拉着了小月红在絮絮寻问，所以大家都在斜视着朝我们看。问了半天，她仍旧是莫名其妙，我看了她的那一种表情，和头回她师傅的那一种样子，也晓得再问是无益的了，所以只告诉她我仍复住在四马路的那家旅馆里，她以后万一听到或接到月英的消息，请她千万上旅馆里来告诉我一声。末了我的说话又变成了泪声，当临走的时候，并且添了一句说：

“我这一回若寻她不着，怕就不能活下去了。”

走出了×世界我仍复上四马路的那家旅馆去开了一个房间。又是和她曾经住过的这旅馆，这一回这样的只身来住，想起旧情，心里的难过，自然是可以不必说了。独坐在房间里细细的回想了一阵那一天早晨，因为她上小月红那里去而空着急的事情，又横空的浮上了心来。

“啊啊，这果然成了事实了，原来爱情的确是灵奇的，预感的确是有的。”

这样痴痴呆呆的想了半天，房里的电灯忽然亮了，我倒骇了一跳，原来我用两只手支住了头，坐在那里呆想，竟把时间的过去，日夜的分别都忘掉了。

茶房开进门来，问我要不要吃饭，我只摇摇头，朝他呆看看，一句话也不愿意说。等他带上门出去的时候，我又感到了一种无限的孤独，所以又叫他转来问他说：

“今天的报呢？请你去拿一份来给我。”

因为我想月英若到了上海，或者乘新年的热闹，马上去上了台也说不定，让我来看一看报上的戏目，究竟有没有像她那样的名字和她所爱唱的戏目载在报上。可是茶房又笑了一笑回答我说：

“今天是没有报的，要正月初五起，才会有报。”

到此我又失了望。但这样的坐在房里过夜，终究是过不过去的，所以我就又问茶房，上海现在有几处坤剧场。他想了一想，报了几处，但又报不完全，所以结果他就说：

“有几处坤剧场，我也不大晓得，不过你要调查这个，却很容易，我去把旧年的报，拿一张来给你看就是了。”

他把去年年底的旧报拿来之后，我就将戏目广告上凡有坤剧的戏院地点都抄了下来，打算一家一家的去看它完来。因为我晓得月英若要去上台，她的真名字决不会登出来的，所以我想费去三四天工夫，把上海所有的坤角都去看它一遍。

从此白天晚上，我又只在坤角上演的戏院里过日子了。可是这一种看戏，实在是苦痛不过。有几次我看见一个身材年龄扮相和她相像的女伶上台，便脱出了眼睛，把身子靠上前去凝视。可是等她的台步一走，两三句戏一唱，我的失望消沉的样子，反要比不看见以前更加一倍。

在台前头枯坐着，夹在许多很快乐的男女中间，我想想去年在安乐园的情节，想想和月英过的这将近两个月的生活，肚里的一腔热泪，正苦在无地可以发泄，哪里还有心思听戏看戏呢？可是因为想寻着她来的原因，想在这大海里捞着她来的原因，又不得不自始至终地坐在那里，一个坤角也不敢漏去不看。

看戏的时候，因为眼睛要张得很大，注意着一个个更番上来的女优，所以时间还可以支吾过去。但一到了戏散场后，我不得不拖了一双很重的脚和一颗出血的心一个人走回旅馆来的时候，心里头觉得比死刑囚走赴刑场去的状态，还要难受。

晚上睡是无论如何睡不着了，虽然我当午前戏院未开门的时候，也曾去买了许多她所用过的香油香水和亚媲贡香粉之类的化妆品来，倒在床上香着，可是愈闻到这一种香味，愈要想起月英，眼睛愈是闭不拢去。即有时勉强的把眼睛闭上了，而眼帘上面，在那里历历旋转的，仍复是她的笑脸，她的肉体，她的头发和她的嘴唇。

有时候，戏院还没有开门，我也尝走到大马路北四川路口的外国铺子的样子间前头去立着。可是看了肉色的丝袜，和高跟的皮鞋，我就会想到她的那双很白很软的肉脚上去，稍一放肆，简直要想到她的丝袜统上面的部分或她的只穿了鞋袜，立在那里的裸体才能满足。尤其是使我熬忍不住的，是当走过四马路的各洗衣作的玻璃窗口的时候，不得不看见的那些娇小弯曲的女人的春夏衣服。因为我曾经看见过她的亵衣，看见过她的把衬衫解了一半的胸部过的，所以见了那些曾亲过女人的芗泽的衣服，就不得不想到最猥亵的事情上去。

这样的日子，一天一天的过去了，我早晨起来，就跑到那些卖女人用品的店门前或洗衣作前头去呆立，午后晚上，便上一家一家的坤戏院去看转来。可是各处的坤戏院都看遍了，而月英的消息还是杳然。旧历的正月已经过了一个礼拜，各家报馆也在开始印行报纸了。我于初五那一天起，就上各家大小报馆去登了一个广告："月英呀，你回来，我快死了。你的介成仍复住在四马路××旅馆里候你！"可是登了三天报，仍复是音信也没有。

种种方法都想尽了，末了就只好学作了乡愚，去上城隍庙及红庙等处去虔诚祷告，请菩萨来保佑我。可是所求的各处的签文，及所卜的各处的课，都说是会回来的，会回来的，你且耐心候着罢。同时我又想起了在A地所求的那一张签，心里实在是疑惑不安，因为一样的菩萨，分明在那里作两样的预言。

我因为悲怀难遣，有时候就买了许多纸帛锭锞之类，跑到上海附近的郊外的墓田里去。寻到一块文人的墓碑，我就把她当作了月英的坟墓，拜下去很热烈的祝祷一番，痛哭一番。大约是这一种祷祝发生了效验了罢，我于一天在上海的西郊祭奠祷祝了回来，忽而在旅馆房门上接到了一封月英自南京的来信。信的内容很简单，只说："报上的广告看见了，你回来！"我喜欢极了，以为上海的鬼神及卜课真有灵验，她果然回来了。

我于是马上再去买了许多她所爱用的香油香粉香水之类，包作了一大包，打算回去可以作礼物送她，就于当夜坐了夜车，赶回南京去，因为火车已经照常开车了。

在火车上当然是一夜没有睡着。我把她的那封信塞在衣裳底下的胸前，一面开了一瓶她最爱洒在被上的海利奥屈洛普的香水，摆在鼻子前头，闭上眼睛，闻闻香水，我只当是她睡在我的怀里一样，脑里尽在想她当临睡前后的那种姿态言语。

天还没有亮足，车就到了下关，在马车里被摇进城去的中间，我心里的跳跃欢欣，比上回和她一道进城去的时候，还要巨大数倍。

我一边在看朝阳晒着的路旁的枯树荒田，一边心里在默想见她之后，如何的和她说头一句话，如何的和她算还这几天的相思账来。

马车走得真慢，我连连的催促马夫，要他为我快加上鞭，到后好重重的谢他。中正街到了，我只想跳落车来，比马更快的跑上旅馆里去，因为愈是近了，心里倒反愈急。

终久是到了，到了旅馆门口了。我没有下车，就从窗口里大声的问那立在门口接客的账房说：

“太太回来了么？”

那账房看见是我，就迎了过来说：

“太太来过了，箱子也搬去了，还有行李，她交我保存在那房里，说你是就要来的。”

我听了就又张大了眼睛，呆立了半天。账房看我发呆了，又注意到了我的惊恐失望的形容，所以就接着说：

“您且到房里去看看罢，太太还有信写在那里。”

我听了这一句话，就又和被魔术封锁住的人仍旧被解放时的情形一样，一直的就跑上里进的房里去。命茶房开进房门去一看，她的几只衣箱，果真全都拿走了，剩下来的只是我的一只皮箱，一只书橱，和几张洋画及一叠画架。在我的箱子盖上，她又留了一张字迹很粗很大的信在那里：

介成：我走的时候，本教你不要追的，你何以又会追上上海去的呢？我想你的身体不好，和你住在一道，你将来一定会因我而死。我觉得近来你的身体，已大不如前了，所以才决定和你分开，你也何苦呢？

我把我的东西全拿去了，省得你再看见了心里难受。你的物事我一点儿也不拿，只拿了一张你为我画而没有画好的相去。

介成，我这一回上什么地方去是不一定的，请你再也不要来追我。

再见吧，你要保重你自己的身体。月英

“啊啊，她的别我而去，原来是为了我的身体不强！”

我这样的一想，一种羞愤之情，和懊恼之感，同时冲上了心头。但回头一想，觉得同她这样的别去，终是不甘心的，所以马上就又决定了再去追寻的心思，我想无论如何总要寻她着来再和她见一面谈一谈。我收拾了一收拾行李，就叫茶房来问说：

“太太是什么时候来的？”

“是三四天以前来的。”

“她在这儿住了一夜么？”

“嗳，住了一夜。”

“行李是谁送去的？”

“是我送去的。”

“送上了什么地方？”

“她是去搭上水船的。”

啊啊，到此我才晓得她是上A地去的，大约一定是仍复去寻那个小白脸的陈君去了罢。我一边在这样的想着，一边也起了一种恶意，想赶上A地去当了那小白脸的面再去辱骂她一场。

先问了问茶房，他说今天是有上水船的，我就不等第二句话，叫他开了账来，为我打叠行李，马上赶出城去。

船到A地的那天午后，天忽而下起微雪来了。北风异常的紧，A城的街市也特别的萧条。我坐车先到了省署前的大旅馆去住下，然后就冒雪坐车上大新旅馆去。

旅馆的老板一见我去，就很亲热的对我拱了拱手，先贺了我的新年，随后问我说：

“您老还住在公署里么？何以脸色这样的不好？敢不又病了么？”

我听他这一问，就知道他并不晓得我和月英的事情，他仿佛还当我是没有离开过A地的样子。我就也装着若无其事的面貌问他说：

“住在这儿的几个女戏子怎么样了？”

“啊啊，她们啊，她们去年年底就走了。大约已经有一个多月了罢？”

我和他谈了几句闲天，顺便就问了他那一位小白脸陈君的住址，他忽而惊异似的问我说：

“您老还不知道么？他在元旦那一天吐狂血死了。吓，这一位陈先生，真可惜，年纪还很轻哩！”

我突然听了这一句话，心口里忽而凉了一凉，一腔紧张着的嫉妒和怨愤，也忽而松了一松，结果几礼拜来的疲劳和不节制，就从潜隐处爬了出来，征服了我的身体。勉强踉跄走出了旅馆门，我自己也意识到了我的肉体的衰竭和心脏的急震。在微雪里叫了一乘黄包车，教他把我拉上圣保罗病院去的中间，我觉得我的眼睛黑了。

仰躺在车上，我只微微觉得有一股冷气，从脚尖渐渐直逼上了心头。我觉得危险，想叫一声又叫不出口来，舌头也硬结住了。我想动一动，然而肢体也不听我的命令。忽儿我觉得脑门上又飞来了一块很重很大的黑块，以后的事情，我就不晓得了。

后　叙

五六年前头，我在A地的一个专门学校里教书。这风气未开的A城里，闲来可以和他们谈谈天的，实在没有几个人。

在同一个学校里教英文的一位美国宣教师，似乎也在感到这一种苦痛，所以我在A城住不上两个月，他就和我变成了很好的朋友。

秋季始业后将近三个月的一天晴朗的午后，我在一间朝南的住房里煮咖啡吃，忽而他也闯了进来。他和我喝喝咖啡，谈谈闲天，不知不觉竟坐了一个多钟头。门房把新到的我的许多外国杂志送进来了，我就送了几份给他，教他拆开来看，同时我自家也拿起了一份英国印行的关于文学艺术的月刊，将封面拆了，打开来读。

翻了几页，我忽而看见了一个批评本年巴黎沙隆画展的文章，中间有一段，是为一个入选的中国留学生的画名《失去的女人》捧场的，此画的作者，不晓是哪几个中国字，但外国名字是C·C·Wang。我看了几行，就指给我的那位美国朋友看，并且对他说：

“我们中国留学生的画，居然也在巴黎的沙隆画展里入选了。”

他看见了那个名字，忽而吊起了眼睛想了一想，仿佛是在追想什么似的。想了两三分钟，他又忽而用手拍了一拍桌子，对我叫着说：“我想起了，这画家是我认识的。”

我听了也觉得奇怪起来，就问他是在美国认识的呢还是在欧洲认识的？因为我这位美国朋友，从前也曾到过欧洲的，他很喜欢地笑着说：“也不是在美国，也不是在欧洲，是在这儿遇见的。”

我倒愈加被他弄昏了，所以要他说说明白。他就张着嘴笑着说：

“这是我们医院里的一个患者。三四年前，他生了心脏病，昏倒在雪窠里，后来被人送到了我们的医院里来。他在医院里住了五个多月，因为我是每礼拜到医院里去传道的，所以后来也和他认识了；我看他仿佛老是愁眉不展，忧郁很深的样子，所以得空也特别和他谈些教义和圣经之类，想解解他的愁闷。有一次和他谈到了祈祷和忏悔，我说：我们的愁思，可以全部把出来，交给一个比我们更伟大的牧人的，因为我们都是迷了路的羊，在迷路上有危险，有恐惧，是免不了的。只有赤裸裸地把我们所负担不了的危险恐惧告诉给这一个牧人，使他为我们负担了去，我们才能够安身立命。教会里的祈祷和忏悔，意义就在这里。他听了我这一段话，好像是很感动的样子，后来过了几天，我于第二次去访他的时候，他先和我一道的祷告，祷告完后，他就在枕头底下拿出了一篇很长很长的忏悔录来给我看。这篇忏悔录，稿子还在我那里，我下次可以拿来给你看的，真写得明白详细。他出院之后，听说就到欧洲去了，我想这一定就是他，因为我记得我曾经在一本姓名录上写过这一个C·C·Wang.的名字。”

过了几天，他果然把那篇忏悔录的稿子拿了来给我看，我当时读后，也感到了一点趣味，所以就问他要了来藏下了。

前面所发表的，是这一篇忏悔录的全文，题名的“迷羊”两字是我为他加上去的。

一九二七年十二月十九日达夫志

郁达夫与《迷羊》

刘大杰

《迷羊》是郁先生近著中的一个长篇。我读了，想说几句话。这些话与文学批评原理无关，因为我从来没有研究这些过。

在四年前的武昌，《迷羊》的作者曾告诉过我们，说他有一《迷羊》的腹稿。从那年以后，我们就分散了，一直没有会过，但是，我时时等待《迷羊》。

去年我住在东京的郊外，一天接到一本《北新》，看看目录，知道我多年期望的《迷羊》脱稿了。但是，那个半月刊上，只登一章，当时我引为恨事。

现在，我读了《迷羊》的单行本了。

《迷羊》不使我失望的，就是在这长篇里，将作者四年前的个性，描写与情感，丝毫不变地展开在我们的眼前。使我失望的（也可说是最失望的）也就在这一点，《迷羊》的作者，还是从前的作者。

我们不要谈高深的原理，寻找许多外国人的名句来做护身符；也不要谈什么象牙之塔与十字街头的话。我相信，真的文学家，应该站在时代思潮的前面；要做时代思潮的指导者，不要追逐时代而至于落伍，更不要甘居时代的后面，而至于灭亡。《迷羊》呢，就是时代后面的一个影子。

罗曼·罗兰在他的《民众艺术论》里说："近代的奇事，是艺术家发现了民众。"但是，要在这新的发现上成立新的艺术，才是新时代的作家。这样的作家，接受了时代的思潮，永远站在前面，替民众说话。《迷羊》就忘却了民众，忘却了前面与下面。

文学上本无所谓道德（尤其是旧道德），更不容许有什么主义的藩篱。描写与妓女恋爱的故事，于艺术本身的价值，毫无损失。描写妓女与描写女学生，是分不出高下的。有人说："《迷羊》描写女戏子的故事，青年不可多看。"我想这种名言，大概是中国的国粹。

作者在《迷羊》里面写出来的东西，在《迷羊》以前的作品里，都已写过了。情感是以前的情感，作风是以前的作风。千篇一律，一点也没有两样。读《沉沦》，读《秋柳》，读《迷羊》，真分不出前后，真分不出新旧。我们对于文学家的要求，时时望他给与我们以新生命的作品。《迷羊》不是新生命的表现，乃是旧情感的遗留。

在《迷羊》里面，我们看不出社会的缺陷或满足，也看不出人类的苦闷或欢乐。没有表现两性的或阶级的斗争，也没有表现旧道德的或权威的反抗。不是新旧时代的冲突，也不是理想与现实两世界不相容的葛藤。六七万字的《迷羊》，竟看不出作者所要表现的是什么。庸碌的《迷羊》中的王先生与这《迷羊》的艺术价值无异。

我们不要管王先生，是不是作者的自身。但是我们可以说，《秋柳》《沉沦》《十一月初三》《过去》等作的主人，无论性格、情感、人生观，都与这王先生没有两样。这几年来，作者老是说自己的话，流自己的眼泪。像《血泪》《薄奠》那样的作品，全集中实不多见。

现今的中国，虽糟不可言，但是，在这糟的现在，确实来了一个新的时代，新时代的作家，已不容许专说自己的话，专流自己的眼泪。要认识时代，捉住时代，才能显出文学家的伟大来。我在这里，要诚恳地请《迷羊》的作者，接收时代的思潮，把死了的感情，深深地葬往过去的青春里去，再转过方向来写写罢。

《迷羊》的收场，不是必然的、命运的、性格的悲剧。写悲剧的人，纵使旁人设尽了千方万计，仍是免不了这悲剧的到来，那才是作者有力的手腕。读《哀史》，读《茶花女》，读《复活》，读《不如归》等作，才知道写悲剧要成功是一件不容易的事。《迷羊》不是必然的悲剧，作者牵强地把它写成了。

《迷羊》文句的流利，这是作者的特色。描写女性，似乎还比不上《过去》那样深刻而有力。写风景的几段非常生动，这是全书不可忽略的地方。

负有一点名望的作家，更应该把艺术如生命一般的尊重。

像《冷清清的午后秋柳》那样的作品，尽可不必收进书里去，《日记九种》也可不必发表出来。至于由作品而攻击到“金屋藏娇”这实在是只有中国才有的笑话。

《迷羊》虽没有得到艺术上的成功，但它是一本流行的书。

（原载《长夜》1928年第2期）

《她是一个弱女子》

杜　衡

郁达夫先生是一个曾以描写色情的苦闷而获得很大的成功的老作家。从革命文学风行以来，已经好久没有发表什么东西。这次，他以“十日的空闲”写成了中篇《她是一个弱女子》，这应当是多么使中国读书界欣慰的一件事。而且达夫先生在他的新著里有没有改变了他的创作的态度，也是一件极值得注意的事。

在读完了《她是一个弱女子》之后，我要说，从大体上讲，这依然是一部写色情的作品；弱女子之所以会“弱”，也就是为了她整个地被色欲所支配着的原故。

作者是主要地在写（尤其是前半部）弱女人（郑秀岳）彷徨于向上和向下的两条歧路间的光景。他利用了冯世芬和李文卿这两个人物的对照，来磨尖了弱女子的矛盾心理。原书三七页有云："她（弱女子）想想冯世芬的舅舅，想想那替冯世芬收藏在床头的手表和李文卿，觉得都可以羡慕。一个是那样纯粹高洁的人格者，连和他通通信的冯世芬，都被他感化到这么个程度。一个是那样的有钱，连十几块钱的手表，都会漠然地送给他人。"后来一〇三页上又说："当郑秀岳和冯世芬要好的时候，她是尊重学问尊重人格，尊重各种知识的。但是自从和李文卿认识以后，她又觉得李文卿的见解不错，世界上最好最珍贵的就是金钱。现在换了环境，逃难到了上海，无端和这一位吴一粟相遇之后，她的心想又有点变动了，觉得冯世芬所说的话究竟是不错的。"全书拿这样的彷徨态度为描写中心是不难看出来的。

但现在所要问的是，弱女人的这种彷徨态度的依据是什么？

在达夫先生的每一个人物身上，我们断然不能去找社会的依据。譬如在本书中，作者固然是把冯世芬描成一个革命青年；但是冯世芬的革命性却根本就没有影响到女主人公一分一毫，而作者也只是随随便便地写过。弱女子虽然曾经似是而非地看了"ABC"和"卢森堡书简集"等书，然而这一类书的影响却从来就没有浮到她的意识界里来过。实际上，作者就是不把冯世芬写成那样一个完美的典型，也断不会使全书蒙着丝毫的损伤。冯世芬的故事的插入，一方面固然表示了作者对于这时代的意见，但另一方面却足以蒙蔽了读者的视线，使读者对女主人公形成一种错误的认识。

总之一切涉及革命问题的事情对于弱女子一人是完全不发生什么关系的。

至于经济的要素，以及从经济要素出发的虚荣，却似乎在郑秀岳的心理过程上占着相当重要的地位了。在全书上半部，李文卿是利用了她的有钱来博得弱女子最初的欢心的，但是她对李文卿的热爱，却是为了“金钱物质上的赠与之外”的“一个肉体的现实的乐园”（见原书七九页）。及至后半部，这种经济要素在弱女子的意识上的地位是更形缩小。她可以热烈地爱一个“只够一个人衣食”（一一七页）的寒士吴一粟，而在吴一粟穷得走头无路的时候，她可不怕经济的压迫（在一二九页上，她自己说：“经济的压迫我是不怕的。”）而只是悼惜着“世界上竟没有一点可以使她那一颗热烈的片时也少不得男子的心感到满足”（见一三一页），因为吴一粟已经不能像往时一样地温存了。

因此，弱女人之所以成其为“弱”，物质的欲望（也可说即所谓虚荣）实在不是一个首要的原因。然而这一点却也是很容易看模糊了的，因此值得特别提出。

剩下来的便只是色情的成分了。确实，弱女子是一个整整地被色情所支配着的奴隶；色情支配她的程度，是要比物质支配她的程度有力得多。“她的那一种热情奔放”，是“一刻也少不得一个寄托之人的”（八三页）。这总是造成了弱女子的一切活动的原动力。她最初把这热情寄托在冯世芬身上，她便“一刻都抛离不得冯世芬”（一三页）。因为和冯世芬接近，她才想变好，不是因为冯世芬好，她才去接近的。在冯世芬之后，她便在李文卿身上找到了寄托者。当然，李文卿给她的满足是更多。直到李文卿把她抛弃之后，她于“悲啼哀泣之余”（七九页），她才偶然想起“将她的全部精神灌注到解放人类，改造社会的事实上去”（八二页）然而这想起是极瞬间的，于是，她又去找李得中先生，找张康先生了。至于后来她还能“似乎仍复回到了她的处女时代去的样子”来爱吴一粟，实际上也并不是因为吴一粟的人格能给予她以强烈的感动，原因是在她那时需要一个依托者。因此，到了吴一粟无论在精神上或肉体上（那男子是有梦遗的病症的，这一点不能轻轻看去）都不能给予她以满足的时候，她便故态复萌，演出了一幕旅馆撞破奸情的丑态毕露的喜剧。

根据上面的观察，我们可以看到：弱女子的一切彷徨，只是一切在色情本能的控制下的无意识的活动而已；在她的行动里找不出社会的根据；即使有，也是极微极微的。她只是随遇而安：谁能给她以依托，她便会跟谁去变好或变坏，而这一切又都是极端的偶然。她的弱，正如前面所说，也就是在不自觉地服从了色情本能的支配这一点上。

本来，我们是尽可以不必向每一个作家都要求社会的意义的，但《她是一个弱女子》这作品却确实蒙了一重社会问题的皮相。明眼的读者应得把这重皮相揭去了再看。

从这种外表和内容的不调和上，我们可以深切地看出了作者的二元性。

《她是一个弱女子》在结构上和文章上，都并不十分出色，可是它的描划人物却是非常成功的。作者本是这方面的能手。他写郑秀岳的弱，写李文卿的不堪，都能给与读者一个永远不能忘记的印象。这是不依靠文字的堆琢的白描的手段，在国内作品中很难找到类似的例子。只是收束处的吴一粟写得很模糊，没有放上力量去。

弱女子是人人可以得而侮辱之的，于是作者也拿她来寻开心。第一次说她被孙传芳部下的军官弄去过了一夜，而最后又说她被日本兵轮奸至死。前者固然是赘瘤（而且在孙传芳退出杭州的时候，所谓“数千女生同时都成了被征服地的人身供物”的话也确非事实，似乎可以不必胡乱牵上去），而后者又更足以使全部作品得到一个极不自然的结尾。这是一个缺点。

（原载《现代》1932年8月1日第1卷第4期）

郁达夫年表

1896年

12月7日（夏历11月3日）出生于浙江省富阳县。取名文，幼名荫生，表字达夫。父郁企曾（1863—1898），母亲陆氏（1866—1938）。

1898年

父病殁。

1902年

春，入亲友罗氏自设的私塾启蒙。

1903年

春，改入魁星阁私塾。

1904年

春，进入公立书塾“春江书院”。

1907年

春，转入富阳县立高等小学堂。

1911年

高小毕业，考上杭州府中学，因经费不足，改入嘉兴府中学。

9月，转入杭州府中学就读，与徐志摩同班。

1912年

9月，转入之江大学预科（原名育英书院），半年后，因参加学潮而被开除。

1913年

春，转入蕙兰中学就读，不久因不满学校的奴化教育，回家独居苦学。

9月下旬，随长兄郁曼陀赴日本留学。

1914年

7月，考入东京第一高等学校预科。初读一部（文科），后遵兄意转入三部（医科）。与郭沫若结为好友。

1915年

6月，开始在上海《神州日报》上用郁达夫名字发表旧体诗作。

7月，在东京第一高等学校预科毕业。

1917年

6月下旬，回国探望病中的祖母。

8月初，到富阳与孙荃订婚。

9月初，返回日本。

1919年

7月，在名古屋第八高等学校毕业。

11月中旬，进入东京帝国大学经济学部。

1920年

7月，回国与孙荃结婚。

1921年

6月8日，与郭沫若、成仿吾、张资平等人在东京成立创造社。

10月，第一本小说集《沉沦》由上海泰东图书局出版。

1922年

3月底，在东京帝国大学经济学部经济学科毕业，获经济学士学位。

5月1日起主编的《创造季刊》创刊号由泰东图书局正式发行。

7月，从日本回国，结束十年留学生活。

1923年

5月，《创造周刊》创刊；

7月，《创造日》创刊，均参与编辑。

1926年

3月18日，与郭沫若等赴广州，任中山大学英国文学系主任兼教授。

11月，辞职。

12月，回上海，先后主编《创造月刊》、《洪水》半月刊及《新消息》周刊。

1927年

1月14日，认识王映霞，并开始追求她。

6月5日，与王映霞订婚。

8月15日，在上海《申报》和《民国日报》刊登启事，声明退出创造社。

9月，《日记九种》由上海北新书局出版。

1928年

1月10日，中篇小说《迷羊》由上海北新书局出版。本月，与王映霞结婚，婚后租住嘉禾里一四三号，不久后改住一四四号。

2月，由钱杏村介绍，秘密加入太阳社。

4月，与鲁迅共同创办和合编《奔流》月刊。

8月，主编《大众文艺》月刊。

1929年

9月底，应聘去安庆担任安徽大学文科教授。一周后，遭安徽省教育厅长程天放的攻击，并被列入赤化分子名单，幸得友人事先通知，始逃回上海，依旧从事文艺创作活动。

1930年

2月13日，中国自由运动大同盟在上海成立，为发起人。

3月2日，中国左翼作家联盟在上海成立，为发起人之一。

11月，致函“左联”负责人，表示不能经常参加“左联”的会议，结果被开除出“左联”。

1931年

12月19日，参加周建人、胡愈之等发起成立的上海文化界反帝抗日大联盟成立大会。

1932年

2月4日，与鲁迅、茅盾等联名发表《上海文化界告世界书》，强烈谴责日本帝国主义发动“一二八”战争。同月八日，与戈公振、陈望道等组织“中国著作家抗日会”。

4月20日，中篇小说《她是一个弱女子》，由上海湖风书局出版，不久即被国民党查禁。

1933年

3月，加入由宋庆龄、蔡元培、杨可佛等领导的中国民权保障同盟。

5月23日，与蔡元培、杨杏佛等联名致电南京国民党政府，抗议逮捕作家丁玲和潘梓年。

12月，中篇小说《她是一个弱女子》改名《饶了她》，由上海现代书局重排出版。

1935年

7月，在杭州购地，兴建“风雨茅庐”。

11月，中篇小说《出奔》在《文学》杂志发表，为郁达夫的最后一篇小说。

1936年

2月2日，应福建省政府主席陈仪的邀请赴闽，任福建省政府参议，后兼任公报室主任。

6月，加入在上海成立的“中国文艺家协会”。

1937年

5月18日，致电郭沫若，转达国民党当局的意见请他回国。

7月27日，郭沫若由日本回到上海，参加抗战。郁达夫专程赴沪迎接。

1938年

3月9日，应郭沫若的邀请，赴武汉任军委会政治部第三厅少将设计委员。

3月27日在武汉参加中华全国文艺界抗敌协会成立大会，被选为理事。

12月18日，偕王映霞和长子郁飞赴新加坡。

1939年

3月，在香港《大风》旬刊上发表《毁家诗纪》。

4月，在重庆召开的“中华全国文艺界抗敌协会”大会上当选为理事。

11月23日，长兄郁曼陀在上海遭到日伪特务暗杀。

1940年

2月，与王映霞协议离婚。

秋，结识新加坡英政府情报部华籍职员李筱瑛。

1941年

12月27日，出席陈嘉庚领导的新加坡华侨抗敌委员会成立大会，被选为执行委员，兼任文艺股主任。

1942年

1月6日，出席星华文化界抗敌联合会成立大会，被选为主席。

4月中旬，乘船前往苏门答腊，

5月初到达，以富商身份出现。5月底，被日本宪兵发现精通日语。

6月初，被迫去日本宪兵分队任通译。

9月，开设赵豫记酒厂，任头家（老板）。

1943年

2月，假装肺病辞去宪兵分队通译职务，回来主持酒厂，不久又集资开办造纸厂和小型肥皂厂。

9月15日，与华侨姑娘何丽有结婚。

1944年

2月，被汉奸告密，真实身份被日本宪兵发现。

1945年

8月15日，日本无条件投降。

8月29日晚，被日本宪兵秘密杀害。

百年中篇典藏

林贤治 主编

《阿Q正传》 鲁迅 著

《她是一个弱女子》 郁达夫 著

《莎菲女士的日记》 丁玲 著

《二月》 柔石 著

《生死场》 萧红 著

《林家铺子》 茅盾 著

《丽莎的哀怨》 蒋光慈 著

《长河·边城》 沈从文 著

《阳光》 老舍 著

《八月的乡村》 萧军 著

《小二黑结婚》 赵树理 著

《饥饿的郭素娥》 路翎 著

《组织部来了个年轻人》 王蒙 著

《大淖记事》 汪曾祺 著

《绿化树》 张贤亮 著

《被爱情遗忘的角落》 张弦 著

《人到中年》 谌容 著

《小鲍庄》 王安忆 著

《关于詹牧师的报告文学》 史铁生 著

《褐色鸟群》 格非 著

《妻妾成群》 苏童 著

《小灯》 尤凤伟 著

《回廊之椅》 林白 著

《到城里去》 刘庆邦 著